FlühMühKüh
Die Suche nach dem Pecore Marrone

Für Silke,
ohne die es dieses Buch niemals gegeben hätte

Mike Petzold

FlühMühKüh

Die Suche nach dem Pecore Marrone

Bibliografische Information der Deutschen Nationalbibliothek:
Die Deutsche Nationalbibliothek verzeichnet diese Publikation in der
Deutschen Nationalbibliografie;
detaillierte bibliografische Daten sind im Internet über
http://dnb.d-nb.de abrufbar.

© 2016 Mike Petzold
Satz, Umschlaggestaltung, Herstellung und Verlag:
BoD – Books on Demand
ISBN: 978-3-7392-1297-5

Inhalt

Noch kein Kapitel oder Das Kapitel davor

Man hat als Autor beim Schreiben eines Buches immer das Problem, den richtigen Anfang zu finden. Zumindest geht es mir so. Einige Schriftsteller sind der Meinung, dem noch unentschlossenen Interessenten sollte der Mund vor Begeisterung bereits offen stehen bleiben, wenn er das Druckwerk in der Buchhandlung das erste Mal in den Händen hält und vielleicht darin zu blättern beginnt. Mit einem reißerischen Beginn der Handlung soll sofort vermittelt werden, um was es denn in den nächsten Kapiteln so geht, welche Personen oder Figuren vorkommen und was sie dabei für noch nie dagewesene Abenteuer erleben. Am besten, der Leser ist nach dem Aufschlagen der ersten von vielleicht tausend Seiten (es soll tatsächlich solche dicken Wälzer geben!) dermaßen gefesselt von der tollen und einmaligen Story, dass er das Buch nicht mehr weglegen kann. Sozusagen eine Art schriftstellerische Überrumpelungstaktik.

Ich mag diese Art nicht besonders. Man muss meiner Meinung nach als Schreiber nicht mit der Tür ins Haus fallen, sondern die Dinge – oder besser gesagt die Geschichte – langsam angehen. Zumal wenn es sich um eine solche wie die einer kleinen, bei der Herstellung in der Spielzeugfabrik auf geheimnisvolle Art zum Leben erweckten Plüschkuh handelt. Deshalb zur Einstimmung für alle kleinen und großen Leserinnen und Leser dieses Kapitel, das im eigentlichen Sinne noch gar kein Kapitel ist. Sondern sozusagen ein Vorkapitel.

Diejenigen, welche schon das erste Abenteuer des FlühMühKüh – »Die Geschichte eines kleinen Entdeckers« – gelesen haben, werden sich sicherlich noch daran erinnern, wie mir das gefleckte Plüschtier mit dem gepunkteten Halstuch und dem kleinen Haarbüschel auf dem Kopf bei seiner Familie, den Patzelts, vor einiger Zeit vorgestellt wurde und von seinen spannenden Erlebnissen in China, Tirol und Bayern berichtete. Damals meinte ich, dass es das Außergewöhnlichste und Merkwürdigste sei, von dem ich je gehört und über welches ich je geschrieben habe. Aber es gibt da noch gewisse Steigerungsmöglichkeiten, wie ich inzwischen weiß.

Denn bei meinem letzten Besuch bei Martin, Cäcilia und Anne im Erzgebirge erwarteten mich nicht nur das auf seinem Lieblingsstuhl sitzende FlühMühKüh, sondern noch zwei andere plüschige Gestalten. Außerdem lernte ich nun Teresa, die kleine Verkäuferin aus dem Buchladen in Tirol, und ihre Tochter Marie sowie Paul Bachweber, den Abschleppfahrer aus München, kennen. Um es kurz zu machen (und gleichzeitig nicht zu viel vorwegzunehmen): Der Grund für deren Anwesenheit war der wieder einmal überaus geniale Plan eines mir wohlbekannten Plüschschweines mit all seinen mehr oder weniger haarsträubenden Folgen. So zumindest erfuhr ich es von den teilweise heftig durcheinanderplappernden Anwesenden, nachdem ich mich – auch dank Martins Cognac für besondere Anlässe – von meiner ersten Überraschung einigermaßen erholt hatte.

Wie schon nach meiner ersten Begegnung mit dem FlühMühKüh beschloss ich – natürlich mit der Zustimmung aller Beteiligten – über die Geschehnisse ein Buch zu schreiben. Wenn man wie ich als namenloser Zeitungsjournalist (einen Namen habe ich übrigens schon, nämlich Benno Malik) von einem solchen Abenteuer erzählen darf, sollte man diese Chance doch nutzen. Es gibt eben in unserer großen und manchmal gefährlichen Welt auch immer wieder Kleine, vermeintlich Schwache oder Unscheinbare, die gewaltige Dinge vollbringen können und über die unbedingt berichtet werden sollte.

Ich werde jetzt hier natürlich noch nicht verraten, was denn ein Pecore Marrone ist. Das würde dem Anfang des Buches einen erheblichen Teil seiner Spannung nehmen, und außerdem erfährt man es ein paar Seiten weiter hinten sowieso.

Wie bei der ersten Geschichte über unser FlühMühKüh und auch deshalb, weil mich immer wieder Leser danach gefragt haben, möchte ich an dieser Stelle ebenfalls darauf hinweisen, dass nicht alle Mitwirkenden in Wirklichkeit so wie im Buch heißen. Manche Orte der Handlung wurden von mir einfach frei erfunden, die Ähnlichkeit mit real existierenden Personen und Objekten ist meistens rein zufällig, in einigen Fällen jedoch durchaus gewollt.

So, und nun wollen wir uns endlich zusammen mit dem FlühMühKüh auf eine abenteuerliche Suche begeben, die Suche nach dem Pecore Marrone. Ja, und die beginnt, übrigens noch ganz unspektakulär, bei den Patzelts im Erzgebirge mit einem merkwürdigen Paket und dessen Inhalt.

Erstes Kapitel

Post für das FlühMühKüh

Das neu erworbene Haus der Patzelts befand sich unweit ihrer alten Wohnung, sogar in der gleichen Straße, an der man bis vor zwei Monaten gewohnt hatte. Es war ein spontaner Entschluss von Martin und Cäcilia gewesen, das vor nicht allzu langer Zeit gründlich renovierte Gebäude mit Garage und kleinem Garten zu kaufen, nachdem es ihnen die älteren Besitzer aus gesundheitlichen Gründen angeboten hatten. Anne, die inzwischen 15 Jahre alt war und ein Gymnasium besuchte, war sofort begeistert gewesen von der Idee ihrer Eltern. Sie erhielt nun ein viel größeres Zimmer; ein kleines Reich nur für sich allein, mit eigenem Fernseher und Computer sowie einer Musikanlage, bei deren Betrieb Martin und Cäcilia mitunter »geräuschhemmend« eingreifen mussten. Ansonsten war Anne ein lustiges, recht fleißiges Mädchen, das an Jungen ihres Alters bisher wenig Beeindruckendes oder Anziehendes entdecken konnte (»Die Kerle in meiner Klasse sind sowieso alle blöd!«), irgendwelche Boygroups anhimmelte und dessen Berufsvorstellungen vierteljährlich und ziemlich heftig wechselten.

Das FlühMühKüh hatte nach dem Umzug eine eigene Ecke am Fenster im Wohnzimmer bezogen (bei Cäcilias immer noch prächtigen Orchideen), in der sein kleines Bett und sein Liegestuhl standen und wo es in einer Holztruhe seine zahlreichen Andenken wie Stocknägel, Münzen und seltene Gesteinsbrocken, eben die ganzen gesammelten Schätze und Mitbringsel von Reisen und Ausflügen, aufbewahrte. Auch das Köfferchen, welches Anne zum Ende des Urlaubs in Tirol vor zwei Jahren von ihrem Taschengeld dem Küh gekauft hatte, befand sich dort. Darin lagen so wichtige Dinge wie zum Beispiel ein kleines Fernglas, ein ebenso großer Fotoapparat, ein Kompass und eine Landkarte. Dies waren unverzichtbare Sachen für einen kleinen Entdecker. Vieles davon hatte Martin in mühevoller Kleinarbeit gebastelt, als Geschenk zum »Findetag«, wie man familienintern den Tag nannte, an dem die Patzelts ihr FlühMühKüh in der Buchhandlung gefunden hatten und der jedes Jahr wie ein Geburtstag gefeiert wurde.

Tagsüber, wenn das kleine Plüschtier allein im Haus war, vertrieb es sich die Zeit mit dem Lesen von interessanten Zeitschriften, Reiseberichten oder Kriminalromanen, beobachtete vom Fenster aus das Treiben auf der Straße oder sah manchmal – mit der Genehmigung von Martin und Cäcilia – im Fernsehen Sendungen über Tiere und fremde Länder. Die kleinen Plüschpfoten waren nicht nur im Umgang mit der Fernbedienung des Gerätes sehr geschickt und schnell, auch bei anderen Tätigkeiten wie kleineren Bastelarbeiten oder dem Schreiben und Malen hatte das FlühMühKüh viel hinzugelernt. Auch Schach spielte es immer noch gern, jetzt aber weniger gegen sich selbst, wie damals im Buchladen, sondern viel lieber gegen Martin oder Anne.

Wenn dann nachmittags Cäcilia von ihrer Arbeit im Büro und Anne vom Unterricht heimkamen, wurden am Kaffeetisch Neuigkeiten ausgetauscht, die Tageserlebnisse erzählt und gern und oft Pläne für kommende

Ausflüge und Urlaubsreisen geschmiedet. Der Sommerurlaub für dieses Jahr war übrigens schon lange geplant; dank Paul Bachweber, dem Münchner Abschleppfahrer, hatte man am Chiemsee eine tolle Ferienwohnung gemietet. Gleich zu Beginn der Schulferien in einigen Tagen sollte es losgehen, die ganze Familie war schon in Vorfreude auf die gemeinsamen drei Wochen. Abends spielte man des Öfteren eine Partie Schach oder auch Mensch-ärgere-dich-nicht, wobei das Küh manchmal den Würfelbecher so schwungvoll schüttelte, dass es den Halt verlor, quer über das Spielfeld purzelte und sämtliche Spielsteine umwarf. Dies sorgte meist für einen Neubeginn des Spiels bis zum nächsten Ende durch einen unfreiwilligen Purzelbaum.

Martin, der als Feuerwehrmann einen recht unregelmäßigen Schichtplan hatte, war mitunter auch tagsüber in der Woche zu Hause und nahm dann das FlühMühKüh mit zu seinen Tätigkeiten im Haus oder im Garten, wo es in der Regel einen Sitzplatz mit Überblick auf das Geschehen erhielt und manchmal teilweise vorwitzige Kommentare zu den auszuführenden Arbeiten abgab, wie: »Soll ich dir die Wasserwaage halten? Brauchst du einen Nagel? Hm, ich glaube, der ist zu klein! Soll ich mal hämmern?« Dies erzeugte aber eher allgemeine Heiterkeit, als dass es Martin genervt hätte.

An einem schönen Vormittag Ende Juni war Martin in der Garage, welche sich im Kellergeschoss des Hauses befand, mit Aufräumen beschäftigt, während das Küh auf der Werkbank saß und Schrauben und Nägel nach Art und Größe sortierte. Diese verantwortungsvolle

Tätigkeit führte es mit großer Sorgfalt aus, und es war darin so vertieft, dass es auch nicht das Postauto bemerkte, das den Weg zum Haus heraufbrummte. Erst als der Postbote ausstieg und »He, Herr Patzelt, können Sie mir mal bitte beim Tragen helfen?« rief, unterbrach es sein Sortieren und saß mucksmäuschenstill. Der etwas dickliche Mann im gelben Shirt mit dem aufgedruckten Posthorn und der kurzen blauen Hose wusste noch nichts von dem außergewöhnlichen Plüschtier und sollte nicht unbedingt vor Überraschung das riesige Paket fallen lassen, welches er jetzt zusammen mit Martin in die Garage schleppte.

»Das ist wirklich für uns?« Martin blickte ein wenig ungläubig. Weder hatten er noch seine Frau und sicherlich auch nicht Anne irgendetwas bestellt oder gekauft, das in dieses Monster von einer Kiste gepasst hätte. Das Teil war sicherlich größer als einen mal einen Meter und geschätzte 10 bis 15 Kilo schwer.

Der Postbote schnaufte nach dem Absetzen ein bisschen vor sich hin, kratzte sich verlegen am Ohr und meinte: »Sagen Sie mal, Herr Patzelt, wohnt bei Ihnen zufällig ein chinesischer Untermieter? Oder haben Sie einen Austauschschüler von dort?« Mit einem Taschentuch wischte er sich den Schweiß von der Stirn und sah Martin fragend an.

»Austauschschüler? Untermieter? Wie kommen Sie denn auf so was?« Martin schüttelte den Kopf.

»Na ja, die Adresse auf dem Paket stimmt auf alle Fälle. Heckenweg 13 ist ja hier, aber wohnt bei Ihnen jemand, der ›FlühMühKüh‹ heißt?«

Martin zuckte zusammen, wogegen es das Küh nun kaum noch auf seinem erhöhten Sitzplatz aushielt.

»Was? Woher kommt es denn?« Das Familienoberhaupt der Patzelts beugte sich über den aufgeklebten Paketschein.

»Österreich? Tirol? FlühMühKüh? Äh, ja, dann müsste das schon in Ordnung gehen. Ich hatte es ganz vergessen. Wissen Sie, wir haben eine Tante, die manchmal bei uns ein paar Tage wohnt, und die nennt man – ja, wie nennt man die denn gleich – genau, in Familienkreisen eben Tante FlühMüh. Richtig heißt sie Friederike. Ein Spitzname eben. Ich glaube, sie hatte, äh, etwas Kosmetik bestellt.«

Das kleine gefleckte Wesen mit den Plüschohren wäre nach dieser Erklärung vor Lachen und auch vor Neugier fast von der Werkbank gefallen. Aber es konnte sich mit letzter Mühe noch beherrschen.

Der Postbote murmelte etwas Unverständliches, das wie »… was soll denn das für ein Zeug sein« klang, ließ sich den Empfang des Paketes quittieren, schwang sich in sein Fahrzeug und fuhr davon.

Martin, dem immer noch mehrere Fragezeichen auf der Stirn standen, ging zum Küh, nahm es auf die Hand und trug es dann zur Kiste, die auf dem Garagenboden stand. Dort ließ er es herunter, und beide betrachteten schweigend das Monstrum aus Pappe.

Schließlich meinte Martin zum FlühMühKüh: »Hast du eine Ahnung, was hier drin sein könnte?«

Das konnte jedoch nur den Kopf schütteln. Für das kleine Plüschwesen war die Sache genauso rätselhaft.

»Also, deine Zustimmung vorausgesetzt – es ist ja immerhin an dich adressiert – werde ich jetzt mal das Geheimnis lüften.« Martin holte ein Messer und wollte gerade den Karton öffnen, als im Haus das Telefon klingelte. Mit einem »Bin gleich wieder da« ging er durch die Garage und den Keller nach oben in die Wohnung.

Das Küh, welches immer noch unmittelbar neben der Kiste stand, zuckte erschrocken zusammen, als plötzlich direkt aus dieser eine schnarrende, grunzende Stimme zu hören war, die ihm seltsam bekannt vorkam: »Dies ist ein Probealarm der Feuerwehr. Begeben Sie sich sofort zu Ihrer Dienststelle! Achtung, ich wiederhole: Dies ist ein Probealarm. Begeben Sie sich sofort zu Ihrer Feuerwache! Ende der Durchsage.«

Martin kam schon die Treppe heruntergesaust, den Autoschlüssel in der Hand, rannte zum Wagen und rief dem FlühMühKüh zu: »Ich bin alarmiert worden und muss mal kurz für zwei oder drei Stunden weg. Länger wird's hoffentlich nicht dauern. Das Paket machen wir dann zusammen auf. Sag Cäcilia und Anne, wenn sie nach Hause kommen, dass ich bald wieder da bin. Und tschüss!« Der silbergraue Kombi brauste davon. Den hatten sich die Patzelts vor zwei Jahren gekauft, nachdem der Vorgänger bei der Heimreise aus Tirol von den diebischen Greifzu-Brüdern gestohlen und bei einem anschließenden Unfall in der Nähe von München total zerstört worden war.

»Martin, halt! Warte doch! Mit der Kiste stimmt irgendwas nicht!«, rief das Küh noch mit seinem schwachen Stimmchen und meinte dabei natürlich nicht das Auto, sondern den Karton. Aber da war Martin mit dem Wagen schon auf der Hauptstraße und verschwand hinter der nächsten Kurve.

Unser Plüschheld befand sich jetzt in einer äußerst verzwickten Situation. Natürlich wollte das Küh wissen, was sich im Paket befand, das ja immerhin an es selbst adressiert war. Wer schickte ihm hier solche großen und schweren Sachen? Andererseits ging hier etwas nicht mit rechten Dingen zu. Wieso wurde Martin offensichtlich aus der Kiste heraus angerufen? Wem gehörte diese Stimme? Sollte man lieber warten, bis Cäcilia oder Anne nach Hause kamen?

Die Neugier siegte, wie man es von einem kleinen Entdecker nicht anders erwarten konnte. Vorsichtig nahm unser Küh das Messer, das Martin hatte liegen lassen, kletterte auf die Oberseite des Paketes und durchtrennte das braune Klebeband.

Ganz plötzlich, als hätte eine Sprungfeder im Inneren der Kiste nur darauf gewartet, ausgelöst zu werden, wurde der Deckel mitsamt dem darauf stehenden FlühMühKüh weggeschleudert und etwas grunzte aus der Tiefe: »Das wurde aber auch langsam Zeit! Ich dachte schon, ich muss bis Weihnachten hier drinsitzen!«

Das Küh rappelte sich auf. Fassungslos und mit vor Erstaunen offener Schnauze sah es, wie ein äußerst vergnügt wirkender Bonifazius Schwein aus dem Karton sprang.

Zweites Kapitel

Ein total verrückter Plan

»Na, das nenne ich mal eine tolle Begrüßung«, meinte das Schwein, schüttelte ein bisschen seine Vorder- und Hinterpfoten aus und ging auf das Küh zu, das immer noch starr und mit weit aufgerissenen Knopfaugen dastand.

»He, ich bin's, dein alter Kumpel Bonifazius! Freust du dich nicht?« Etwas mehr Begeisterung hatte das Schwein schon erwartet.

Nun endlich begann sich das FlühMühKüh wieder einigermaßen zu fassen, die Überraschung und das Erstaunen entluden sich in einer herausgesprudelten Riesenwelle aus Fragen: »Bonifazius, was machst du hier? Wie kommst du in die Kiste? Äh, und was ist da noch drin? Und wieso rufst du eigentlich Martin an und womit? Das mit dem Probealarm warst doch vorhin du, oder?«

Bonifazius Schwein schlenderte in aller Ruhe zum Küh, umarmte es und grunzte: »Du hast dich überhaupt nicht verändert seit damals. Immer noch das neugierige Plüschküh wie vor zwei Jahren. Lass mich erst mal ein wenig Luft schnappen und ein bisschen lockerer werden, immerhin stecke ich schon drei Tage in dem Paket. Du weißt ja sicher noch, wie langweilig das ist.«

Das Schwein hüpfte ein paarmal hin und her, betrachtete dabei interessiert das Innere der Garage, atmete geräuschvoll ein und aus und wandte sich dann dem FlühMühKüh zu, das erwartungsvoll dastand.

»Ja, womit soll ich denn anfangen? Hm, tja, wahrscheinlich am besten mit dem Schnipsel hier.« Bonifazius schlurfte zur Kiste, kramte darin herum und erschien schließlich mit einem Zeitungsausschnitt, den er dem Küh unter die Schnauze hielt.

»EXPLOSION IN EINEM TESTLABOR FÜR SPIELZEUG!« stand da in großen, fetten Buchstaben geschrieben. Unter dem Bericht über das Unglück hatte man ein Foto abgebildet, auf dem die entstandenen Schäden deutlich erkennbar waren. Dieser Zeitungsartikel kam dem FlühMühKüh sehr bekannt vor.

»Das kenne ich schon, Bonifazius. Ich habe in der Buchhandlung, nachdem dich Marie gekauft hatte und ich allein blieb, sehr viel gelesen, und da ist mir dann vor lauter Langeweile auch diese Zeitung in die Pfoten gekommen. Du bist bei dieser Explosion sozusagen zum Leben erweckt worden, nicht wahr? Und wurdest anschließend doch noch von der Spielzeugfirma verkauft – in den St.-Bonifazius-Buchladen in Tirol.«

»Du warst schon immer ein sehr gelehriges und wissbegieriges Plüschwesen. Eben ganz meine Schule. Tja, da ich sehe, dass du darüber bereits Bescheid weißt, kann ich mir einen großen Teil an Erklärungen sparen.« Das Schwein ging erneut zum Karton und holte einen weiteren Zeitungsausschnitt heraus. Eigentlich war es eine Werbeanzeige, die mit der fetten Überschrift »AM FREITAG, DEM 1. JULI, 14 UHR, GROSSE VERSTEIGERUNG IM BOZENER SPIELZEUGMUSEUM!« betitelt war. Das Küh las weiter: »*Wir brauchen Platz für eine neue Sonderausstellung. Es kommen also sehr viele Stücke aus der Sammlung zur Versteigerung, welche mehrfach vorhanden sind und im Laufe der Jahre ihren Wert und ihre Bedeutung für uns verloren haben. Somit ist auch für den kleinen Geldbeutel jede Menge dabei!«* Darunter gab es ein Bild mit einigen Spielsachen, von denen man sich trennen wollte, so zum Beispiel große und kleine Autos sowie andere Fahrzeuge, Baukästen aus Holz oder Plastik, Indianer- und Cowboyfiguren und auch zahlreiche Puppen und Plüschtiere.

»Bozen? Ist das nicht Italien?«, fragte das Küh, als es mit Lesen fertig war.

»Norditalien, oder besser gesagt Südtirol«, korrigierte das Schwein. »Im Italienischen sagt man übrigens Bolzano.«

»Und was hat das alles mit deinem Erscheinen hier und dem komischen Karton zu tun? Wir hätten uns doch sowieso bald gesehen. Während unseres Urlaubs am Chiemsee wollten wir euch doch ohnehin besuchen!« Das Küh war förmlich zu einem lebendigen Fragezeichen geworden und hatte überhaupt keine Ahnung, auf was Bonifazius eigentlich hinauswollte.

Der legte beide Zeitungsartikel nebeneinander auf den Boden, holte aus seiner Kiste nun auch noch eine Lupe, gab sie dem Küh und grunzte: »Hier, schau dir die Bilder ganz genau an!«

Das kleine Küh kroch sehr konzentriert wie ein Spürhund über die Zeitungsblätter, besah sich lange und gründlich jedes Detail auf den Fotos, und dann, ganz plötzlich, hatte es etwas entdeckt: Auf dem Bild, welches die Spielsachen des Museums zeigte, war im Hintergrund, sehr undeutlich und halb verdeckt von einem Kipplaster, eine Knollenschnauze zu sehen, die plüschig und der des

FlühMühKüh zum Verwechseln ähnlich war. Überrascht ließ dieses sein Vergrößerungsglas sinken.

»Wer oder was ist das, Bonifazius?«, kam es schließlich heraus.

»Warte mal, du hast dir das andere Bild noch nicht richtig angeschaut«, meinte das Schwein und schob dem Küh den Artikel über die Explosion noch näher heran. Das nahm die Lupe wieder auf, konnte aber auch nach langem Suchen nichts Neues feststellen.

»Hier, in der Ecke, praktisch fast dort, wo das kaputte Nutella-Glas liegt!«, knurrte Bonifazius jetzt schon etwas ungehaltener. Da, auf einmal, sah es auch das Küh: Inmitten der Trümmer des zerstörten Labors saß an einen ehemaligen Türrahmen angelehnt die Knollenschnauze vom Bild des Artikels über die Versteigerung, auf dem Kopf eine Art Pelzkappe mit Ohrenschützern und eine Pfote am Nutella-Glas. Zwar sehr, sehr unscharf und äußerst schlecht zu erkennen, aber zweifelsohne dasselbe Wesen.

»Das kann doch nicht wahr sein, Bonifazius!« Das FlühMühKüh hatte soeben seine kurzzeitige Sprachlosigkeit überwunden.

»In der Beschreibung der Spielsachen, die in Südtirol angeboten werden, taucht der Name ›Pecore Marrone‹ auf. Damit ist er oder es wohl gemeint. So eine Plüschtierserie hat es allerdings nie gegeben, ich habe das nachgeprüft. Aber ich muss dir noch was erzählen, etwas, das mir erst beim Anschauen der Fotos wieder eingefallen ist.«

Bonifazius räusperte sich kurz und begann: »Damals, nach dem großen Knall im Labor, da waren meine ersten Bilder, die ich sah, rauchende Trümmer und Staubwolken, Glassplitter, umgestürzte Stühle und Arbeitstische, eben allerhand kaputtes Zeug. Ich hab ein paarmal gezwinkert, dann hörte ich plötzlich ein Schmatzen neben mir in der Ecke. Es war der Typ mit der Pelzmütze, und er schleckte sich die Pfote ab, die offenbar in das Nutella-Glas geraten war. Außerdem brummte er irgendwas vor sich hin. Dann kamen irgendwann ein paar Männer und schafften uns nach draußen. Ich bin dann in einem Karton mit vielen Plüschschweinen gelandet, den anderen habe ich nicht mehr wiedergesehen. Bis mir die Zeitungen mit den Bildern in die Pfoten kamen.«

»Aber das heißt ja, dass es noch einen wie uns gibt! Ein lebendig gewordenes Plüschwesen!« Das FlühMühKüh hüpfte aufgeregt herum. »Wir müssen es finden, wir müssen mit ihm sprechen, wir müssen …«

»Was denkst du eigentlich, warum ich hier bin?«, knurrte Bonifazius dazwischen.

»Du willst mit uns in den Urlaub fahren! Das ist ganz toll, aber wissen denn Teresa und Marie Bescheid? Und hast du so viel Gepäck dabei, dass du eine solche Kiste …?«

»NEIN, nicht in den Urlaub!«, rief das Schwein dazwischen. »Und ja, ich meine, Marie weiß, wo ich bin. Sie hat mich ja schließlich in das Paket gesetzt und zur Post gebracht. Teresa ist für ein paar Tage zu einem Seminar für Buchhändler. Sie hat eigentlich keine Ahnung von dem Plan.«

»Von was für einem Plan?« Das FlühMühKüh sah Bonifazius fragend an.

»Wenn du mich hättest mal ausreden lassen, könnten

wir schon lange in der Luft sein«, entgegnete der etwas unwirsch.

»Wieso in der Luft, Bonifazius?«

Das Schwein seufzte. »Also«, fragte es schließlich, »wann fahrt ihr in den Urlaub?«

»Na, am Samstag«, kam die Antwort.

»Und wann ist die Versteigerung in Bozen?«

Das Küh grübelte. »Hm, am Freitag.«

»Und wir wollen dieses Pecore Marrone kennenlernen? Vielleicht sogar BEFREIEN? Es ERSTEIGERN?«

Das FlühMühKüh hüpfte vor Aufregung herum. »Ja, wir werden es finden, es mitnehmen. Martin oder Cäcilia oder Anne werden es kaufen, wenn wir bei der Versteigerung dabei sind. Und Bozen ist ja gar nicht sooo weit vom Chiemsee entfernt ...«

»Wir werden zu spät kommen, Küh!« Hier hatte Bonifazius leider recht. Das Erkennen dieser Tatsache ließ den Freudentanz des kleinen Plüschtiers abrupt enden.

»Aber nicht, wenn wir heute schon reisen!« Damit ging Bonifazius zum Karton und riss an einer Schnur, die dem Küh bisher nicht aufgefallen war. Daraufhin klappten die Seitenteile der Kiste weg und ein Gebilde aus Gitterstreben und einer Glaskanzel wurde sichtbar, welches auf Metallkufen ruhte. Am hinteren Ende der Strebe war ein Propeller zu sehen, und als Bonifazius an einer weiteren Schnur zog und drei sehr große Rotorblätter auf der Oberseite der Konstruktion erschienen, wurde dem FlühMühKüh endlich bewusst, was bisher in dem Paket gesteckt hatte.

»Ein Hubschrauber! Du willst mit einem Hubschrauber bis Südtirol fliegen?« Das Küh war fassungslos.

Bonifazius grinste, wie eben nur ein Plüschschwein grinsen kann.

»WIR werden fliegen«, sagte er, »du und ich. Ich nenne das Ding übrigens *BONIFAZIUSKOPTER* oder *SCHWEINEHELI*. Es ist eine sehr solide Eigenkonstruktion und bestimmt die einzige Möglichkeit, bis morgen in Bozen zu sein. Was wir noch brauchen, sind Benzin und etwas Geld für die Versteigerung. Aber ich glaube nicht, dass dieses Pecora sehr viel kosten wird. Habt ihr hier eigentlich Benzin? Oder hat sich Martin etwa ein Dieselauto gekauft?« Das Schwein sah sich suchend in der Garage um. In einer Ecke stand ein gefüllter 10-Liter-Kanister, den es sofort heranschleppte und auf seinen Inhalt untersuchte. Offensichtlich war das Ergebnis zufriedenstellend. »Das müsste auf alle Fälle reichen«, brummte Bonifazius und hatte mittels einer kleinen am Hubschrauber installierten Pumpe bereits mit dem Betanken begonnen, als das Küh endlich seine Sprache wiederfand.

»Du willst mit lächerlichen zehn Litern Benzin bis nach Bozen kommen?«, fragte es ungläubig. »Das sind doch mindestens …«

»Genau 760 Kilometer, wenn wir uns an der Autobahn orientieren. Fliegen werden wir in einer Höhe von etwa 100 bis 200 Metern, denn da kann man unten noch alles sehr schön erkennen und es ist auch nicht so kalt. Weiter oben könnten wir eventuell Probleme mit dem richtigen Flugverkehr bekommen. Der Motor ist von mir übrigens sehr verbrauchsoptimiert umgebaut worden, und trotzdem können wir mit dem *SCHWEINEHELI* bis zu 100 Kilometer pro Stunde schnell sein – mit Rückenwind, den wir sicher haben werden. Alles ein Erfolg des Genies, meines Geistes und der Wissenschaft! Wir werden in Südtirol, wenn wir die Sache erledigt haben, ein paar Liter Sprit einfüllen und dann bis zu eurer Ferienwohnung am Chiemsee fliegen. Dort beenden wir dann die Mission ›Pecore Marrone‹ mit der Übergabe des Befreiten. Vielleicht will er ja von euch adoptiert werden, wenn er dir schon so ähnlich sieht.« Das Schwein war mit dem Betanken fertig und stellte den leeren Kanister beiseite.

Das FlühMühKüh war jedoch keinesfalls vom Erfolg des Planes überzeugt, alles erschien ihm viel zu verrückt und gefährlich, und so wagte es einen weiteren Einwand: »Und wie sollen wir den richtigen Kurs, die richtige Autobahn finden? Mit Karten oder meinem kleinen Kompass vielleicht?«

Bonifazius schüttelte ablehnend den Kopf. »Karte, Kompass – alles altmodischer Krempel! Hier, ich will dir mal zeigen, womit ich Martin vorhin angerufen und weggelockt habe.« Er präsentierte dem Küh ein komisches Ding, das wie die Kreuzung eines Eierkopfes mit einem Taschenrechner aussah. Auch war seitlich eine kleine Satellitenschüssel zu erkennen.

»Das ist ein von mir entwickeltes Gerät für schnurloses Telefonieren und Navigation. Außerdem überwacht es verschiedene Funktionen des Hubschraubers. Ich habe es aus den Einzelteilen einer elektronischen Eieruhr, eines Kompasses und Maries altem Handy gebaut und nenne es deshalb *Eierphone* oder manchmal *KLARA*. Du wirst gleich wissen, warum. Es hat eine Sprachsteuerung, die uns genau sagen wird, wohin wir fliegen müssen. Die einzige Sache, die mir nicht gefällt, ist seine nervende Stimme. Da könnte ich vielleicht noch etwas nachbessern.« Das Schwein drückte auf einen Knopf, und schon kreischte das Gerät los: »Es ist keine Route geplant. Geben Sie eine Route ein!« Das klang wirklich fast wie Klara, die dicke Chefin des Tiroler Buchladens, welche damals unser FlühMühKüh aus seiner Kiste ausgepackt hatte.

Das wusste nun nicht mehr, was es sagen sollte. Ein Abenteuer lockte, es galt, ein wahrscheinlich ebenfalls zum Leben erwecktes Plüschtier zu finden und womöglich unter Gefahren zu befreien. Aber konnte man den Erfindungen und dem Plan von Bonifazius trauen? Würde es gut gehen? Und wie sollte man der Familie beibringen, dass man schnell mal mit einem *SCHWEINE-HELI* beziehungsweise *BONIFAZIUSKOPTER* nach Südtirol unterwegs war, navigiert von einem *Eierphone* namens *KLARA*?

Bonifazius zerstreute die letzten Bedenken unseres kleinen Kühs: »Du legst ein paar Dinge in dein Köfferchen, die du auch für den Urlaub brauchst, schreibst zwei oder drei Zeilen an die Patzelts und wir düsen los. Wir ersteigern morgen das Pecore Marrone in Bozen, und übermorgen habt ihr euch alle wieder. Ach, und vergiss nicht etwas Geld für die Versteigerung und vielleicht fürs Benzin!«

Und so packte das FlühMühKüh sein Köfferchen, legte trotz Bonifazius' spöttischer Bemerkung seine kleine Karte und den Kompass hinein, auch einige Münzen, den Fotoapparat und das Fernglas. Aus seiner Truhe nahm es eine kleine, altertümlich aussehende Pistole, die eigentlich für Zündplättchen bestimmt und dem Küh für die »besondere Tapferkeit bei der gemeinsamen Erstürmung einer trutzigen Burg« von Anne geschenkt worden war. Das Schießzeug war noch nie benutzt worden, würde vielleicht auch niemals benutzt werden, da »jeder Umgang mit Feuer für ein Plüschwesen schlimme Folgen haben könnte«, wie Martin als Experte auf diesem Gebiet erklärt hatte. Das Donnerrohr (eigentlich ein sogenannter Vorderlader, bei dem Pulver und Kugel von vorn in den Lauf gestopft wurden) sollte dem kleinen Burgenstürmer vielmehr Selbstvertrauen geben, wenn man in finsteren Turmverliesen oder ehemaligen Kerkern unterwegs war, und diente deshalb vor allem als Abschreckung für vermeintliche Gegner. Schließlich wusste ja keiner, ob nicht doch noch irgendwelche Räuber, Schurken oder Spukgestalten in den alten Mauern hausten.

Die Pistole kam also zusammen mit einigen Zündplättchen ebenfalls zum Gepäck, dann schrieb das FlühMühKüh einen kurzen Brief an seine Familie, in dem es seine plötzliche Abreise und die Gründe dafür erklärte und Martin noch mitteilte, dass der Reservekanister für die Urlaubsfahrt wieder gefüllt werden müsste. »… Tschüss, bis übermorgen! – Euer Küh.«

Als es dann mit seinen Reiseutensilien wieder in der Garage eintraf, hatte Bonifazius den Hubschrauber schon ein Stück in Richtung Tor bugsiert. Mit vereinten Kräften gelang es schließlich, das Fluggerät ins Freie zu schieben. Dann hievte das FlühMühKüh sein Köfferchen ins Innere der Glaskanzel und stellte dabei fest, dass sich in der Kabine des Hubschraubers drei Sitzplätze befanden. Vorn zwei nebeneinander, hinten einer quer.

»Na, irgendwo muss doch dieses Pecora oder Pecore sitzen, wenn wir es an Bord nehmen wollen«, meinte Bonifazius. Er befestigte das *Eierphone* beziehungsweise *KLARA* vor seinem Sitzplatz an der Instrumententafel (wo sich zur großen Verwunderung des Kühs eigentlich nur ein paar Schalter, Knöpfe, eine Tankanzeige, ein Höhenmesser und eine simple Uhr befanden), rief dem Gerät »Nach Bozen, Südtirol!« zu, und *KLARA* bestätigte kreischend: »Bozen – Bolzano, die Route wird berechnet.« Kurze Zeit später konnte man vernehmen, dass die Entfernung 762 Kilometer und die berechnete Flugzeit mit vorhandenem Rückenwind etwa acht Stunden betrage. Außerdem könne die ganze Zeit mit sehr schönem Wetter gerechnet werden. Bonifazius grinste über alle Schweinebacken.

»Na, habe ich zu viel versprochen? Läuft doch alles wie am Schnürchen.« Er nahm auf dem Pilotensitz rechts Platz und rief: »So, du nimmst jetzt diese Kurbel, steckst sie da hinten in die Öffnung am Motor und drehst kräftig!«

Unser Küh glaubte sich verhört zu haben: »Was soll ich machen? Wie bitte? Du baust ein solches Gerät, ein ›Wunderwerk der Technik‹, wie du sagst, und das Ding hat nicht mal einen Anlasser?« Sofort kamen wieder Zweifel an der Durchführung und am Erfolg dieses Unternehmens bei unserem Plüschhelden auf.

Bonifazius druckste herum: »Na ja, es musste in den letzten Tagen alles ziemlich schnell gehen. Da hatte ich einfach keine Zeit mehr, eine elektrische Startvorrichtung einzubauen und eine passende Batterie zu besorgen. Deshalb brauche ich dich unbedingt für den Anlassvorgang, also zum Kurbeln. Aber nicht nur dafür«, beeilte er sich zu sagen, »sondern auch, weil wir schließlich Freunde sind und diese Mission nur zusammen meistern können!«

Kopfschüttelnd nahm das Küh die Kurbel, steckte sie in die vorgesehene Öffnung und begann zu drehen, was zugegebenermaßen durch die Hilfe eines installierten Getriebes wirklich nicht sehr anstrengend war. Nach wenigen Umdrehungen knallte es erstmals heftig aus dem Auspuff. Einem zweiten Knallen folgte die erste Zündung, kurz darauf lief der Motor. Das FlühMüh-Küh entfernte die Anwerfkurbel, verstaute sie im Cockpit und nahm auf dem linken Sitz Platz. Dann sprang es urplötzlich wieder auf. »Ich muss doch das Garagentor schließen! Das steht noch sperrangelweit offen!«

Bonifazius drückte seinen Co-Piloten in den Sitz zurück.

»Das habe ich bereits mit der Fernbedienungsfunktion von *KLARA* erledigt«, meinte er. »Sieh mal, den Kurs, den wir halten müssen, zeigt mir das Gerät mit dem roten Pfeil hier auf diesem Bildschirm an. So, und nun schnall dich an, wir starten! Auf nach Süden!« Er griff zum Steuerknüppel, kuppelte mit einem Hebel den Antrieb des Rotors ein, das Motorgeräusch wurde lauter, untermalt vom immer stärker werdenden Pfeifen der Rotorblätter, schließlich ging ein Zittern und Vibrieren durch den ganzen *BONIFAZIUSKOPTER* und er hob vom Boden ab.

Der Nachbar der Familie Patzelt, ein älterer Herr im Rentneralter, sah zur Mittagszeit aus seinem Wohnzimmerfenster hinüber zum Nachbarhaus. Er bemerkte, wie aus der offenen Garage ein flacher Gegenstand nach draußen bewegt wurde, auch waren Stimmen zu hören, aber richtig erkennen konnte man nicht, was da drüben passierte. Der Mann streckte seinen Hals wie eine Giraffe, die Sträucher und das leicht hügelige Gelände verdeckten jedoch zu sehr den Blick auf das Geschehen. Dann schloss sich das Garagentor, es puffte ein paarmal und ein Motor begann zu brummen.

Aha, dachte sich der Mann, jetzt haben die Patzelts auch so einen neumodischen Roboter als Rasenmäher, der allein über die Wiese fährt. Wie es aussieht, gibt es die Dinger also inzwischen schon mit Benzinmotor. Aber muss denn der Krach unbedingt jetzt um diese Zeit sein? Er schüttelte missbilligend den Kopf, denn Patzelts waren ruhige, angenehme Nachbarn, mit denen man sich sehr gut verstand. Er wollte sich gerade an den Mittagstisch zu seiner Frau setzen, als der Motorlärm sich steigerte, verbunden mit einem pfeifenden Geräusch. Dann hob zur allgemeinen Überraschung des Rentners der vermeintliche Rasenmäher plötzlich ab, verharrte eine Weile in einigen Metern Höhe und brauste davon – in Richtung Norden …

Drittes Kapitel

Die Laborexplosion

Ich muss an dieser Stelle den Leser bitten, mit mir einen Zeitsprung zu machen, und zwar genau vier Jahre zurück. Das ist meiner Meinung nach gerade das Schöne in einer Geschichte, nämlich an der Zeit drehen zu können, denn im wahren Leben ist dies, obwohl man es mitunter gerne möchte, sehr schlecht möglich. Die ganze Zeitspringerei wird übrigens – großes Ehrenwort! – schätzungsweise nur ein-, höchstens zweimal im Buch vorkommen und dient lediglich dem besseren Verständnis der außergewöhnlichen Geschehnisse um unsere Plüschhelden.

Das Laborgebäude befand sich im Süden von Bozen, inmitten von größeren Werks- und Fabrikanlagen. Die unscheinbare eingeschossige Halle in schlichtem Betongrau war ein reiner Zweckbau, umgeben von einer kleineren parkähnlichen Anlage mit einigen Bäumen, unter denen man für die Angestellten ein paar Bänke platziert hatte. Immerhin besaßen die großen Fenster, die viel Licht ins Innere ließen, grüne Rahmen, ebenso wie die Türen, sodass dem Auge des Betrachters wenigstens etwas Abwechslung geboten wurde. Im Gebäude forschten und experimentierten – nur durch dünne Gipskartonwände voneinander getrennt – etwa 20 Mitarbeiter in weißen Kitteln an fast ebenso vielen Arbeitsplätzen und Labortischen, auf denen jede Menge wissenschaftliche Geräte und Apparate wie Glaskolben, Mikroskope, Gasbrenner mit darüber hängenden Reagenzgläsern, Zentrifugen, Waagen und noch viele weitere Dinge standen. Es gab Klimatruhen und Heizöfen, Brutkästen und Wasserbäder. In der Luft lag ein sehr intensives Gemisch aus verschiedensten Gerüchen, die bei den Experimenten entstanden und manchmal auch in Form von Dampfwolken sichtbar wurden. Die Aufgaben, welche die Laboranten hatten, waren sehr vielfältig und für Außenstehende teilweise ungewöhnlich: Lebensmittelunternehmen ließen ihre Produkte wie zum Beispiel Schokoriegel, Marmelade oder Nuss-Nougat-Creme verbessern, ein Kosmetikhersteller wollte die Hautverträglichkeit seiner Haarwaschmittel, Badezusätze und Handseifen untersuchen lassen, Tiernahrung und Futtermittel wurden analysiert und auch Spielsachen mussten sich komplizierten Tests unterziehen, bevor sie in Serie produziert werden konnten und in die Geschäfte und zur Kundschaft gelangten. Schließlich sollte weder vom Material noch von der Verarbeitung des Spielzeugs eine Gefahr für die Kinder ausgehen.

Alfons Gasser, ein etwa 40-jähriger Mann mit langen, strähnigen Haaren und einem modischen Spitzbart, der mit seinem Äußeren beinahe an einen der berühmten Musketiere erinnerte, war derzeit genau mit dieser Aufgabe beschäftigt. Ein großer Spielwarenproduzent hatte mit einer Serie von Plüschschweinen erheblichen Unmut bei seiner Kundschaft erzeugt. Bei der ersten Wäsche ihres von den Kindern so heiß geliebten Kuscheltieres durch die Eltern hatte sich nämlich herausgestellt, dass das Plüschschwein eine selbst noch so vorsichtige Reinigung nicht überlebte und die Waschmaschine fast immer als unförmiges und wertloses Gebilde, einem explodierten Pfannkuchen nicht ganz unähnlich, verließ. Der Spielzeugkonzern wollte seinen guten Ruf nicht aufs Spiel setzen, also bekam das Labor beziehungsweise Alfons Gasser den Auftrag, eine haltbare und vor allem waschbeständige Füllung für die Plüschtiere zu entwickeln.

Diese Aufgabe hatte er so gut wie erfüllt. Die ersten beiden von 20 Exemplaren, welche vom Hersteller für Testzwecke bereitgestellt wurden, waren zwar trotz verbesserter Materialien immer noch wie überfahrene Topflappen aus der Versuchswaschmaschine im Labor gekommen, aber beim dritten Probeschwein erzielte Alfons dank eines neuen Stoffzusatzes bereits hervorragende Erfolge. Nun lag auf dem Fensterbrett ein viertes Schwein, das – ebenso wie die übrigen 16 Stück mit dem neuartigen Füllstoff ausgestattet – dazu bereit war, den Härtetest der Versuchswäsche zu bewältigen. Dieser sollte am Nachmittag nach der Kaffeepause starten, und der Laborant war überzeugt, dass der Kandidat diese Belastungsprobe heil überstehen würde. Die Resultate der bisherigen Testreihe und die neue Materialzusammensetzung lagen dem Hersteller inzwischen vor. Man war darüber außerordentlich erfreut, der Produktionsstart sollte demnächst erfolgen. Alfons Gasser hätte also durchaus zufrieden mit sich und den Ergebnissen seiner Arbeit sein können. Doch dies traf keinesfalls zu. Die ganze Experimentiererei hier im Labor bereitete ihm keinen rechten Spaß mehr. Er war seit Jahren nur einer von 20 Angestellten, der sich von einem neuen, viel jüngeren Chef herumkommandieren lassen musste und täglich so aufregende Dinge wie neue Geschmacksrichtungen für Müsli oder einen angeblich kussfesten Lippenstift untersuchen durfte. Nein, das entsprach nicht unbedingt seiner Vorstellung von einem interessanten Arbeitsleben als Forscher und Entwickler. Nicht einmal sein Vater, mit dem er nach dem Tod seiner Mutter allein die elterliche Villa bewohnte, brachte Verständnis für seine Tätigkeit auf. Der Alte, halb Italiener und halb Deutscher, war sowieso ein wenig seltsam. Obwohl er bereits Pensionär war und es finanziell auf gar keinen Fall nötig gehabt hätte, arbeitete er bei einem Sicherheitsdienst und machte dort ausschließlich Nachtschichten. Da der alte Herr sich dann am Tag meistens ausruhte, bekam er ihn auch immer seltener zu Gesicht und konnte mit ihm nur manchmal ein paar Worte wechseln.

So sah also das eintönige Leben von Alfons Gasser aus. Aber er würde es seinem verschrobenen Vater, dem neunmalklugen Chef und seinen Kollegen schon noch zeigen. Dessen war er sich ganz sicher. Der Grund für dieses gesteigerte Selbstvertrauen saß vor ihm auf der Arbeitsplatte neben dem Computer, war plüschig und trug eine grüne Pelzkappe. Das da stellte seine Zukunft dar, würde Alfons Anerkennung oder sogar Berühmtheit bescheren, ihn von einem namenlosen Chemiker zum bekannten Wissenschaftler befördern. Es handelte sich um keine offizielle Entwicklung, die er da durchgeführt hatte. Keiner wusste davon, außer dem alten Gasser. Alfons hatte ihm, um etwas Anerkennung von seinem Vater zu bekommen, in einer redseligen Minute davon erzählt, dass er mit seiner Entdeckung reich und bekannt werden könnte. Der sah ihn aber nur seltsam an und sagte: »Du allein musst wissen, was du da tust. Nur Geld und Ruhm machen auch nicht glücklich!«

Die Plüschfigur war ihm übrigens von einer Werksmitarbeiterin der Spielzeugfabrik überlassen worden, aus der auch die Plüschschweine stammten; ein Prototyp für eine neue Kollektion mit dem Projektnamen »Pecore Marrone«, die dann aber doch zugunsten einer anderen Serie fallen gelassen wurde und nun für die Firma wertlos war. Der ehrgeizige Laborant hatte mehr durch Zufall nach langwierigen und erfolglosen Versuchen eine Substanz zusammengemischt, welche der Plüschfigur eine bisher nicht gekannte Widerstandsfähigkeit gab. Ein letzter Test würde es bald beweisen. Dann, wenn das vierte Probeschwein seine zahlreichen Umdrehungen in der Waschmaschine vollführte, hatte die Pelzkappe da Gelegenheit, seine einzigartigen Eigenschaften in einem Heizofen unter Beweis zu stellen.

Nun war es aber erst einmal Zeit für die obligatorische Kaffeepause, bei der sich alle Mitarbeiter mit ihrem Espresso, Latte Macchiato oder auch einer ganz normalen Tasse Kaffee zu einem Plausch auf der Grünfläche unter den Bäumen trafen. Alfons klappte seinen Laptop zu, in dem die Formel des geheimnisvollen neuen Stoffes abgespeichert war. Er ließ aber den Brenner auf seinem Labortisch, der unter einer Anordnung von verschiedenen Gefäßen mit wässrigem Inhalt vor sich hin fauchte, weiterhin in Betrieb. In der nächsten Viertelstunde würde sich da nicht viel tun, dies glaubte er zumindest. Dann verließ er seinen Arbeitsplatz, holte sich am Kaffeeautomaten einen großen Cappuccino mit extra Zucker und begab sich zu den anderen Angestellten des Labors nach draußen.

Dort berichtete ihm ein Kollege, der gerade im Auftrag einer Zeitschrift eine Sprechfuttermischung für Wellensittiche untersuchte, von den überraschenden Erkenntnissen seiner Tätigkeit.

»Du kannst dir nicht vorstellen, Alfons, was die da so alles reinmischen. Ich denke, eher bekommen die Vögel davon Schluckauf, als dass sie mit dem Zeug besser sprechen lernen!«

Alfons Gasser hörte nur mit einem Ohr hin. Er war in Gedanken ganz bei seiner privaten Versuchsreihe, die ihm Ruhm und Ehre einbringen würde. Dann brauchte er sich auch nicht mehr länger dieses Geschwätz hier anzuhören und könnte mit dem Erlös seiner Erfindung sein eigenes Labor eröffnen.

Im Inneren des Gebäudes, oder besser gesagt am Arbeitsplatz von Alfons, war die Lösung über dem Gasbrenner inzwischen wider Erwarten kurz vor dem Kochen. Anscheinend hatte der Laborant die Hitzezufuhr durch die Flamme falsch eingeschätzt. Dampfwolken stiegen auf, im Glaskolben brodelte es gewaltig, dann schwappte der heiße Inhalt über, genau auf die brennende Gasflamme und eine zweite grünliche Substanz, die sich neben der Versuchsanordnung in einem Messbecher befand und einem weiteren Experiment dienen sollte.

Augenblicklich erfolgte eine gewaltige Explosion, die sämtliche Glasscheiben des Gebäudes in Bruchteilen von Sekunden in millimetergroße Stücke zersprengte und nach draußen fegte. Das Dach wurde im Ganzen angehoben und landete leicht versetzt wieder auf seinen Trägern. Trümmerteile flogen durch die Luft und schlugen unmittelbar vor den Angestellten ein, die, ihre Kaffeetöpfe in der Hand, wie vom Donner gerührt dastanden und von denen wie durch ein Wunder keiner auch nur eine Schramme abbekam.

Der Labortisch von Alfons Gasser wurde mit allem, was darauf stand oder lag, durch eine Trennwand befördert, Laptop und Gerätschaften zerlegten sich genau wie der Tisch dabei in tausend Stücke. Das Pecore Marrone sauste infolge der Druckwelle durch den Raum und landete an den Resten eines Türrahmens, in direkter Nachbarschaft des Schweines, welches seinen Flug soeben unbeschadet beendet hatte und scheinbar vor sich hin blinzelte. Dann krachte vor der Plüschfigur mit der grünen Pelzkappe ein Nutella-Glas zu Boden, gefolgt von einer Tüte »Scholly – Das beste Sprechfutter für Ihren Wellensittich«. Der Inhalt der zerplatzenden Tüte vermischte sich mit der Nuss-Nougat-Creme aus dem zerbrochenen Glas und bekleckerte die Pfote des dort Sitzenden. Der bewegte plötzlich zuerst die Augen, dann den Kopf, führte langsam und vorsichtig die mit dem Nutella-Sprechfutter-Gemisch bespritzte Pfote zur Schnauze, kostete und meinte dann nach einer Weile mit einer tiefen, brummenden Stimme: »Mein lieber Scholly – hicks – was für ein Knall!«

Draußen ertönten das Geschrei der entsetzten Angestellten und die sich schnell nähernden Sirenen der Feuerwehrfahrzeuge, Polizei- und Rettungswagen.

Johann Egger, einer der Feuerwehrmänner, die im Gebäude nach Brandnestern suchten, fand zwischen den

Trümmern zwei Plüschfiguren, die unversehrt waren und seiner Meinung nach eigentlich nicht hierher gehörten. Beide sahen irgendwie recht putzig aus und taten ihm leid. Er machte seinen Kollegen Christian Maier darauf aufmerksam. Der meinte: »Hm, dort im Büro, das ziemlich unbeschädigt geblieben ist, habe ich schon einen ganzen Karton mit Schweinen gesehen. Los, wir stecken den Burschen hier zu seinen Artgenossen in die Kiste. Den anderen mit der Pelzkappe setzen wir drauf und schaffen alles nach draußen. Vielleicht hat ja noch jemand Verwendung dafür. Ich glaube, da war vorhin jemand von diesem Spielzeughersteller, der hier nebenan seine Firma hat.«

Also brachten die beiden Feuerwehrleute die Kiste sowie die Plüschfigur mit der Pelzkappe zu einem elegant gekleideten Herrn, der sich sehr überrascht und zugleich erfreut zeigte. »Sie glauben gar nicht, wie froh ich bin. Wie mir der Leiter des Laboratoriums eben berichtete, waren die Versuchsreihen an der Plüschschweinserie abgeschlossen. Wir hätten eine unglaubliche Verzögerung beim Produktionsstart gehabt, unsere Kunden wären uns davongelaufen, wenn wir jetzt nicht liefern könnten!« Dann bemerkte er das auf der Kiste sitzende Pecore Marrone.

»Äußerst merkwürdig«, meinte der Herr. »Das müsste sich doch eigentlich noch bei uns in der Entwicklungsabteilung befinden, aber bestimmt nicht hier!« Er nahm das Plüschtier in die Hand und musterte es aufmerksam. Dann meinte er: »Na, für dich finden wir auch noch eine Verwendung. Wenn du schon ein solches Unglück heil überstanden hast, können wir dich ja nicht mit dem ganzen Schutt hier einfach entsorgen lassen!«

Er ging hinüber in Richtung Spielzeugfabrik, unbeachtet von Alfons Gasser, der immer wieder auf den Einsatzleiter der Carabinieri, wie die Polizisten in Italien heißen, einredete. Aber dieser weigerte sich energisch, seine Leute wegen eines wahrscheinlich ohnehin kaputten Laptops und ein paar wertloser Plüschtiere in die Trümmer des Labors zu schicken. Darum sollte sich gefälligst die Feuerwehr kümmern. Der Mann hatte ohnehin sehr schlechte Laune, und zwar aus folgendem Grund: Noch ehe der Unglücksort abgesperrt werden konnte und die Löscharbeiten begannen, war schon ein Kamerateam ohne Genehmigung in das zerstörte Gebäude eingedrungen und hatte Aufnahmen vom Inneren gemacht. Die Leute waren bereits wieder verschwunden, noch bevor man sie für ihren groben Leichtsinn zur Rede stellen konnte. So ein verrückter Wissenschaftler mit seinen komischen Forderungen fehlte dem Offizier da gerade noch. Als Alfons Gasser schließlich Sätze wie »Zuerst Unglücksursache klären« und »Auslöser der Explosion suchen« hörte, beschloss der Laborant, besser vorerst nicht weiter aufzufallen. Aber in dieser Angelegenheit war das letzte Wort noch nicht gesprochen. Er würde in den Resten des Labors selbst suchen, wenn sich die Gelegenheit endlich ergab, wenn Feuerwehr und Carabinieri endgültig verschwunden wären. Sein Computer mit der Formel für die von ihm entwickelte geheimnisvolle Substanz war sicherlich nicht mehr zu retten. Das war ärgerlich und würde einige Verzögerungen für seine Forschungen bedeuten. Vor allem aber musste er das Pecora finden. Und das hatte, er war sich ganz sicher, die Katastrophe unbeschadet überstanden. Dank seiner genialen Erfindung.

Viertes Kapitel

Tücken der Technik

Gemütlich vor sich hin brummend flog der kleine Hubschrauber bei schönstem Sommerwetter mit den zwei Plüschfiguren in etwa 200 Metern Höhe, unter sich die Autobahn, auf der reger Verkehr herrschte. Bonifazius hielt mit beiden Pfoten den Steuerknüppel und blickte konzentriert auf die Instrumente sowie den roten Pfeil, der auf dem Display von *KLARA* zu sehen war und die Flugrichtung nach Bozen anzeigte. Die kreischende Stimme verkündete gerade: »Vor uns das Autobahndreieck Bayerisches Vogtland, bitte der Autobahn 9 folgen!« Ab und zu erwähnte das *Eierphone* Dinge, die mit der eigentlichen Navigation nichts zu tun hatten und auf die Sehenswürdigkeiten der Umgebung aufmerksam machen sollten, wie zum Beispiel: »Dort sehen Sie die Saale, da befindet sich ein Naturpark!«

»Ich sehe keinen Naturpark«, meinte das FlühMüh-Küh, welches seinen Kopf nach allen Seiten verdrehte und trotzdem weder das eine noch das andere entdecken konnte.

»Dann nimm doch mal dein Fernglas aus dem Koffer«, grunzte Bonifazius. »Vielleicht sind wir ja schon dran vorbeigeflogen!« Aber auch das brachte kein besseres Ergebnis. Dafür bemerkte das kleine Küh andere interessante Sachen.

»Sieh mal, Bonifazius, da unten ist ja eine richtige Flusslandschaft mit ganz vielen Wasserläufen. Und mit was für komischen Kähnen die Leute fahren. Die haben ja fast so eine Stange zum Staken wie die Gondolieri in Venedig!«

»Unsinn, die Gondeln in Venedig haben hinten eine Art Paddel. Hm, ich möchte bloß mal wissen, was du meinst. Ich erkenne jedenfalls nichts!« Das Schwein war ein wenig ungehalten. Es hätte gern selbst einmal durchs Fernglas geschaut, musste aber seinen Steuerknüppel mit beiden Pfoten festhalten. Sicherlich war das Ganze eine Täuschung. Kähne, Flusslandschaft – hier doch nicht! Wer weiß, was das Küh da wieder gesehen hatte.

Um die Stimmung wieder ein bisschen zu verbessern, meinte Bonifazius nach einigem Schweigen: »Ist das nicht toll, wie ruhig der Motor läuft? Und wie genau *KLARA* den Kurs anzeigt! Und überhaupt, der Start vorhin, ich hätte nie gedacht, dass der erste gleich so klappt …«

Hier verstummte das Schwein plötzlich. Aber der Kopf des FlühMühKüh sauste schon herum: »WAS? Du hättest nicht gedacht, dass der erste Start …? Du bist zum ersten Mal gestartet? Soll das demnach heißen, du bist noch niemals mit dem Ding hier geflogen? Also auch nicht GELANDET?« Das Küh war so fassungslos, dass ihm die Schnauze für einen Moment offen stehen blieb. »Kannst du mir vielleicht mal erklären, wie wir in Südtirol wieder lebend den Boden erreichen wollen? Ich fasse es nicht!«

»Dafür, dass ich bisher nur mit dem Flugsimulator an Maries Computer üben konnte, klappt's doch ganz gut«, versuchte das Schwein zu beschwichtigen. »Ich habe auch schon mindestens 200 Landungen trainiert.«

»Aber das hier ist kein Computerspiel!«, rief das FlühMühKüh. »Warum lasse ich mich denn immer wieder auf deine verrückten Ideen ein? Was ist eigentlich mit dem Hubschrauber? Wo hast du die ganzen Teile her?«

»Na ja«, meinte Bonifazius, »den habe ich im Internet ersteigert, ganz billig. Teresa glaubte, das ist ein Metallbaukasten. Der Motor stammt aus dem Rasenmäher von Maries Onkel Peter. Da er jetzt vor kurzem erst seinen Rasen gemäht hat, dachte ich …«

»Um Himmels willen, sag nicht, dass der noch nicht einmal weiß, dass bei ihm jetzt ein motorloser Rasenmäher im Schuppen steht!« Das Küh konnte nur noch den Kopf schütteln. Es war einfach nicht zu fassen, was für Einfälle Bonifazius manchmal hatte und wie er diese in die Tat umsetzte.

Das Schwein verstand die ganze Aufregung nicht. »Ich habe mir das Ding doch nur geliehen. Und übrigens fachgerecht ausgebaut. Marie hat mir ein bisschen geholfen, vor allem beim Wegschaffen. Mit dem originalen Elektromotor, der vorher im Hubschrauber eingebaut war, wären wir doch nie bis nach Südtirol gekommen. Wo hätten wir denn unterwegs die Akkus laden sollen? Vielleicht in einer Stromleitung? Außerdem sollte alles sehr schnell gehen, wie ich dir schon sagte. Wenn du einen besseren Plan hast, bitte sehr! Aber morgen ist die Versteigerung, und da müssen wir in Bozen sein. Und ich werde diese Kiste hier schon heil herunterkriegen! Sonst will ich nicht mehr Bonifazius Schwein heißen!«

Nach dieser Ansprache herrschte eine Weile Stille in der Glaskanzel. Nur der Motor hinter den beiden Plüschfiguren und das pfeifende Geräusch der Rotorblätter waren zu vernehmen. Schließlich sagte das FlühMühKüh leise: »Es war doch nicht so gemeint, Bonifazius. Natürlich will ich auch, dass wir dieses Pecore Marrone finden. Und vielleicht möchte es ja auch mit uns mitkommen. Aber warum hast du mir nicht von Anfang an erzählt, dass du noch nie, ich meine, RICHTIG geflogen bist? Und das mit Martin, na ja, vielleicht ...«

»Du wärst jetzt niemals hier in diesem Hubschrauber, wenn ich Martin nicht weggelockt hätte! Er hätte dem ganzen Plan sicherlich nie zugestimmt. Der Anruf aus dem Karton war die einzige Möglichkeit ...«

»München voraus«, verkündete in diesem Moment *KLARA*. »Orientieren Sie sich bitte an der Autobahn 8 in Richtung Salzburg!«

»München? Jetzt schon?«, riefen das Küh und Bonifazius wie aus einem Mund, oder besser gesagt wie aus einer Schnauze. Wie die Borduhr zeigte, war man bisher gerade einmal etwas mehr als zwei Stunden unterwegs. Aber das Schwein fand sofort eine Erklärung für dieses ungeheure Tempo.

»Da kannst du mal sehen, wie prima die Kiste läuft, Küh!«, freute es sich. »Der Rückenwind, den *KLARA* voraussagte, hat sicher auch einen Großteil dazu beigetragen. Du hast übrigens manchmal eine total negative Grundstimmung. Ich weiß gar nicht, warum du damals in der Buchhandlung ›Yoga für Kühe‹ gelesen hast.«

Das FlühMühKüh hörte nur mit einem Ohr auf das, was Bonifazius da plapperte. Am Horizont war ihm schon vor einer ganzen Weile ein hohes Gebäude oder ein Turm inmitten dem Häusermeer einer großen Stadt aufgefallen, welche laut *KLARA* München war. Es nahm sein Fernglas und schaute angestrengt auf dieses wahrscheinlich riesige Bauwerk, das immer näher kam. Dann setzte es, fast schon hektisch, das Fernglas ab, zwinkerte ein paarmal mit seinen Knopfaugen, strich sich mit den Pfoten über sie und spähte erneut ziemlich ungläubig nach vorn. Aber es war kein Zweifel mehr möglich, dessen war sich unser FlühMühKüh sicher. Überraschend ruhig fragte es das Schwein: »Sag mal, Bonifazius, steht der Berliner Fernsehturm eigentlich auch ab und zu in München herum?«

Martin Patzelt war normalerweise ein lustiger Mensch, der gerne auch selbst mal einen Spaß machte. Aber das, was man heute mit ihm veranstaltete, war entschieden zu viel des Guten. Als er nach einer Dreiviertelstunde schneller Fahrt mit seinem Auto auf der Feuerwache eintraf und etwas von Probealarm erzählte, empfingen ihn nur die erst überraschten und dann feixenden Gesichter der Kollegen aus der regulären Wachschicht.

»Sag mal, Martin«, meinte einer, »kannst du deine freien Tage nicht wie ein vernünftiger Mensch verbringen? Musst du hier unbedingt auf der Wache Ferien machen? Oder hast du zu Hause Langeweile?« Natürlich, wer den Schaden hatte, spottete jeder Beschreibung oder so ähnlich. Martin zeigte schließlich ein saures Grinsen und trat wieder den Heimweg an, immer noch reichlich verärgert und vor sich hin grübelnd. Zumindest war er sich inzwischen sicher, dass ihm niemals einer seiner Mitarbeiter diesen dummen Streich gespielt hätte. Es existierte ein ungeschriebenes Gesetz, dass man keine derartigen Sachen und schon gar nicht unter Kollegen machte. Für alles gab es gewisse Grenzen, welche mit dieser Aktion um einiges überschritten wurden. War es nur ein blöder Scherz gewesen oder wollte ein Unbekannter vielleicht mit dem Anruf erreichen, dass Martin Patzelt ein paar Stunden nicht zu Hause war? Die Stimme, die er am Telefon gehört hatte, erinnerte ihn irgendwie an jemanden. Er überlegte hin und her, es fiel ihm aber trotzdem nicht ein, woher er dieses komische Grunzen kannte. Ansonsten war der Wortlaut der Alarmierung jedoch täuschend echt gewesen. Ach was, sagte er sich irgendwann, und ganz egal. Jetzt hatte er schließlich Urlaub und den Heimatort inzwischen auch wieder erreicht.

Martin bog in die Zufahrt zum Haus Heckenweg 13 ein und stellte den Kombi vor dem nun verschlossenen Garagentor ab. Sicher war Anne eher von der Schule nach Hause gekommen, denn Cäcilia würde erst am späten Nachmittag Feierabend und dann ab morgen auch endlich Urlaub haben. Beim Aussteigen aus dem Wagen fiel ihm sein Nachbar auf, der ziemlich aufgeregt schien und ihn zu sich an den Gartenzaun heranwinkte.

»Was hast du denn, Herbert?«, fragte Martin. »Ist was passiert?«

»Martin, ich glaube, euer Rasenmäher hat sich selbstständig gemacht. Er ist vorhin einfach mit einem Höllenlärm abgehoben und weggeflogen. Es sah aus, als wollte er in Richtung Autobahn.«

Martin Patzelt blieb zunächst der Mund offen stehen angesichts dieser Neuigkeiten. Gewiss, sein Nachbar war schon Ende siebzig und manchmal etwas schrullig, beobachtete auch mitunter »gefährliche« Dinge, die sich dann immer als völlig harmlose Belanglosigkeiten entpuppten, aber nun musste man scheinbar ernsthaft an seinem Verstand zweifeln. Vorsichtig sagte deshalb Martin: »Du, Herbert, heute ist es ziemlich heiß in der Sonne. Du solltest dir vielleicht ein kühles, schattiges Plätzchen im Haus suchen. Die Hitze ist nicht gut für dich!«

Der Rentner schüttelte unwirsch den Kopf. »Pah, ich weiß doch, was ich gesehen habe«, meinte er rechthaberisch. »Ihr habt doch bestimmt jetzt auch so ein neumodisches Ding, das von selbst über die Wiese fährt. Und vorhin hat es offenbar eine Fehlfunktion gehabt und ist davongeflogen. Dorthin!« Er zeigte mit dem Finger senkrecht nach oben.

Martin wusste nicht mehr, was er dazu noch sagen sollte. Ihm blieb sozusagen einfach die Spucke weg. Was war nur mit seinem Nachbarn los? Was war denn das heute überhaupt für ein verrückter Tag? Oder stand Herberts unwahrscheinliche Behauptung irgendwie in Zusammenhang mit der seltsamen Fehlalarmierung? Ach Quatsch, warum sollte denn das eine etwas mit dem anderen zu tun haben?

»Ich gehe jetzt in die Garage und sehe nach, ja?«, versuchte Martin den Rentner zu beruhigen. »Und dann werde ich dir unseren guten alten Rasenmäher zeigen, der dort seit seinem letzten Einsatz vor einer Woche in der Ecke steht. In Ordnung?« Er ging hinüber zum Haus, öffnete das Garagentor und blieb angesichts dessen, was er nun sah, verblüfft stehen: Das Paket, welches an das FlühMühKüh geschickt worden war, lag vor ihm leer auf dem Boden. Hatte das kleine Plüschtier also doch nicht warten können und wahrscheinlich Anne gebeten, ihm beim Auspacken zu helfen. Martin nahm nachdenklich den Deckel in die Hand, auf dem der Paketzettel noch klebte. Ein unleserlicher Name als Absender und dann der Poststempel: ein Ort in Tirol, Österreich. Hm, die Stimme vorhin am Telefon hatte einen fast österreichischen Dialekt gehabt. Und – gegrunzt?! Plötzlich glaubte Martin den Halt zu verlieren, und das kam wirklich nicht sehr oft vor. Er begriff mit einem Mal, dass der Karton, der falsche Alarm und der angeblich wegfliegende Rasenmäher etwas mit einem Plüschschwein und seinem Erfindergeist zu tun haben mussten. Wenn wirklich Bonifazius dahintersteckte und womöglich hier und heute aufgetaucht war, bedeutete das nichts Gutes. Martin stürmte die Treppe nach oben in die Wohnung, rief dabei nach Anne und dem Küh, aber er bekam keine Antwort. Anne war auch noch nicht vom Unterricht zurück, wie ein Blick in ihr Zimmer verriet. Dann fand Martin den Brief, den das FlühMühKüh geschrieben und in der Küche platziert hatte: »… sind wir unterwegs nach Südtirol, um einen ganz nahen Verwandten zu finden und vielleicht zu retten. Wir sehen uns am Samstag am Chiemsee. Tschüss, bis übermorgen! – Euer Küh.« Martin stürzte zum Telefon und versuchte, Teresa oder Marie in Tirol zu erreichen. Die beiden mussten doch irgendetwas von Bonifazius und seinen Plänen wissen! Das Schwein konnte sich doch unmöglich ohne fremde Hilfe selbst in das Paket gepackt und abgeschickt haben. Und wieso war der Karton so groß und so schwer gewesen? Was hatte er außer dem Plüschschwein noch enthalten? Darüber gab der Brief des Küh keine Auskunft.

Wie wollten denn die beiden überhaupt nach Südtirol kommen, in so kurzer Zeit? Warum war der Reservekanister leer? Das Einschalten des Anrufbeantworters, der verkündete, dass am anderen Ende der Telefonleitung weder Teresa noch Marie derzeit zu Hause seien, war das Einzige, was Martin mit seinem Anruf erreichte. Gleichzeitig mit dem Auflegen des Hörers ahnte er plötzlich, was in der Kiste gewesen sein könnte, wozu der Inhalt des Benzinkanisters diente und was Herbert, sein Nachbar, hatte wegfliegen sehen.

Bonifazius Schwein war vor Erstaunen starr. Zuerst hatte er geglaubt, das Küh wolle ihn veralbern und habe einen schlechten Scherz gemacht, da ja *KLARA* immer noch felsenfest verkündete, dass München vor ihnen liege. Aber selbst wenn, nur mal angenommen, der Berliner Fernsehturm auf geheimnisvolle Weise in die bayerische Landeshauptstadt umgesetzt worden wäre, wie und aus welchem Grund sollten das Brandenburger Tor, der Potsdamer Platz und das Reichstagsgebäude ihren Standort nun auch noch in der Bayernmetropole gefunden haben? Der Verstand des selbst ernannten plüschigen Genies war regelrecht eingefroren, seine Pfoten hielten den Steuerknüppel umkrampft und waren zu keiner Bewegung fähig.

»Wir müssen umkehren, Bonifazius!«, rief das FlühMühKüh nun schon zum dritten Mal und für seine Verhältnisse sehr, sehr laut. Zumindest fand das Schwein offensichtlich dadurch wenigstens seine Sprache wieder. »Das – das ist unmöglich! Das kann nicht sein! *KLARA* ist sehr zuverlässig und …« Es klopfte heftig mit der

Pfote an das Gerät, und sofort kreischte dieses los: »Sie sehen vor sich den Eiffelturm. In Kürze werden wir Paris erreichen.« Ein weiteres, noch derberes Klopfen führte zur Erkenntnis, dass »… der Turm schief ist und in Pisa steht. Es könnte sich aber auch um den Moskauer Fernsehturm handeln, in diesem Fall wird die Route neu berechnet.« Gleichzeitig erschien auf dem Display statt des Richtungspfeiles ein dickes rotes Fragezeichen.

»Das reicht!«, schrie Bonifazius, der nun endlich wieder einigermaßen bei sich war und offenbar den Ernst der Situation erkannt hatte. Er riss *KLARA* aus der Halterung und wollte das Gerät voller Wut nach draußen schleudern. Dann besann er sich, drückte einfach einen Knopf, das Display wurde dunkel und die kreischende Stimme verstummte.

»Du hättest mit dem Ding jemanden da unten treffen können, Bonifazius«, sagte das Küh vorwurfsvoll, »und nun wende endlich den Hubschrauber. Wir werden jetzt mit Karte und Kompass navigieren und uns nicht mehr auf deinen technischen Firlefanz verlassen. Reicht denn überhaupt das Benzin?«

»Die Tankanzeige steht immer noch auf ›voll‹. Ich habe doch gesagt, dass der Motor …«

»Ich weiß«, rief das Küh fast schon zornig, »und die Stadt hier ist München oder Paris oder Moskau, was?« Es atmete tief ein und aus, dann sagte es wieder sehr ruhig: »Bonifazius, du fliegst jetzt über dieser Autobahn entlang in Richtung Süden. Den Süden übrigens, den ICH meine. Ja?«

Bonifazius Schwein knurrte etwas Unverständliches, tat aber, was sein Co-Pilot ihm aufgetragen hatte. Der

BONIFAZIUSKOPTER vollzog eine Kehrtwende und brummte in die Richtung zurück, aus der er gekommen war.

»Kann ich wenigstens – nur so zum Vergleich und für spätere Verbesserungen – *KLARA* wieder einschalten?«, fragte Bonifazius nach einer ganzen Weile, als man schon über der diesmal richtigen Autobahn in Richtung Bayreuth entlangflog. »Ich stelle ihr Kreischen auch auf ›stumm‹. Versprochen!«

»Meinetwegen«, seufzte das FlühMühKüh, »aber nur, wenn du dich weiterhin nach meinen Kursanweisungen richtest und nicht auf diesen Schnickschnack da hörst! Was ist denn eigentlich mit dem Kraftstoff?« Das Küh schaute Bonifazius besorgt an.

»Steht auf ›voll‹, also null Problemo, wie die Italiener sagen würden. Das passt übrigens zur Gegend, in die wir fliegen, und außerdem habe ich doch den Motor …«

»Ja, ja, ich weiß. Trotzdem merkwürdig. Das Benzin müsste doch langsam mal abnehmen, oder?«

Eine andere Sorge hatte das FlühMühKüh noch gar nicht angesprochen: die ziemlich fortgeschrittene Uhrzeit. Bonifazius' Plan war davon ausgegangen, dass man Südtirol in den Abendstunden, aber eben noch bei Tageslicht erreichte. Durch den Irrflug waren jedoch fast fünf kostbare Stunden verloren gegangen. Nun würden sie wahrscheinlich in der Nacht in Bozen eintreffen. Was das Schwein dann bei der Auktion im Spielzeugmuseum vorhatte, darüber war auch noch kein Wort gesprochen worden. Aber zuerst mussten sie unbeschadet den Boden erreichen. Und das womöglich in der Finsternis, mit einem Piloten, der noch nie eine echte, wirkliche Landung durchgeführt hatte. Dem kleinen Küh war bei diesem Gedanken nicht sehr wohl.

Man hatte mittlerweile das Frankenland passiert, zügig waren sie an Nürnberg vorübergebrummt. Die in unmittelbarer Nähe von Ingolstadt dahinfließende Donau sah beim Überflug außerordentlich gewaltig aus. Nun würde es nicht mehr weit bis nach München – dem richtigen München – sein.

Da, ganz plötzlich und wie aus dem Nichts, vernahmen die beiden ein ohrenbetäubendes Dröhnen über sich. Das Küh hob den Kopf, sah nach oben und erstarrte in seiner Bewegung: Ein riesiges Flugzeug rauschte über ihnen heran, das Fahrwerk bereits ausgefahren, die gleißenden Landescheinwerfer eingeschaltet. Der kleine Hubschrauber wurde wie von einer Riesenfaust durchgeschüttelt. Bonifazius riss geistesgegenwärtig am Steuerknüppel und konnte den *SCHWEINEHELI* gerade noch so abfangen und aus der Gefahrenzone bugsieren. Um ein Haar wäre die Mission ›Pecore Marrone‹ bereits am Flughafen München gescheitert, in dessen Start- und Landebereich die beiden Plüschhelden aus Versehen geraten waren.

»Ich werde *KLARA* wieder vollständig aktivieren«, schnaufte Bonifazius, als er sich einigermaßen von dem Schreck erholt hatte, und drückte die entsprechende Taste. »Das Gerät hat nämlich auch eine Kollisionswarnfunktion mit Frühalarm.«

»Hauptsache, es plappert uns nicht wieder ständig in unseren Kurs hinein«, meinte das Küh, nachdem es seine Sprache wiedergefunden hatte, die ihm beim Fast-Zusammenstoß zwischenzeitlich abhandengekommen war. »Ich glaube, wir müssten …«

»Ihr Benzinvorrat ist erschöpft!«, kreischte *KLARA* mit einem Mal los. »Begeben Sie sich zu einer Tankstelle. Hier eine Auswahl derer, die sich wahrscheinlich eher **nicht** in Ihrer näheren Umgebung befinden: Salzburg, Freiburg, Altenburg, Rotenburg/Wümme, Rotenburg an der Laaber, Rothenburg ob der Tauber …«

»NEIN!«, rief das Schwein. »Das kann nicht sein! Hier, die Tankanzeige …« Bonifazius verstummte urplötzlich, denn die Nadel des Instruments setzte gerade zum Sturzflug an und blieb dann auf der Markierung ›leer‹ stehen.

»NEIN! Was wird denn nun?«, rief auch das FlühMüh-Küh, da begann der Motor bereits zu stottern und blieb gleich darauf stehen. *KLARA* wusste auch hierfür einen guten Rat: »Füllen Sie Benzin nach! Begeben Sie sich mit der Kurbel umgehend nach außen an das Triebwerk und werfen Sie dieses wieder an!« Die beiden Plüschfiguren starrten verblüfft auf das Gerät. Der *BONIFAZIUSKOPTER* befand sich zum Zeitpunkt dieses tollen Hinweises immerhin 200 Meter über dem Erdboden.

»Notfallplan! Mayday!«, schrie das Schwein und hämmerte mit seiner Pfote auf einen großen roten Knopf, der vor ihm hektisch blinkte. Es gab einen Knall hinter ihnen, dann einen starken Ruck, mit dem der Sturz des antriebslosen Hubschraubers abgebremst wurde. Ein großer gelber Fallschirm hatte sich über der Glaskanzel entfaltet und ließ den *SCHWEINEHELI* sanft zu Boden gleiten. Dank einer günstigen Windböe landete das Fluggerät schließlich nach einer gefühlten Unendlichkeit mit einem leichten Plumps auf einer Wiese in sicherem Abstand zur Autobahn. Beide Plüschtiere ließen fast gleichzeitig die Pfoten sinken, mit denen sie sich seit der Auslösung des Fallschirms die Augen zugehalten hatten.

»Herzlichen Glückwunsch zur gelungenen Landung. Sie haben den Boden wieder sicher erreicht. Betätigen Sie nun den Schalter mit der Aufschrift ›Applaus für den Piloten‹!«, verkündete das Multinavigationsgerät soeben. »Wollen Sie eine neue Route eingeben?«

»Eine Frage hat mich die ganze Zeit beschäftigt«, brachte das FlühMühKüh heraus, nachdem seine Pfoten nicht mehr zitterten und es sehr tief durchgeatmet hatte. »Warum hast du überhaupt die elektrische Eieruhr in das *Eierphone* integriert? Nur weil sie irgendwo übrig war, oder ergibt das Ganze auch einen Sinn?«

Das Schwein sah angesichts dieser Frage, die scheinbar so gar nichts mit der derzeitigen Situation zu tun hatte, überrascht auf. »Ich brauchte ein Gerät für die Zeitfunktion«, meinte es schließlich nach einigem Nachdenken. »Die war bei Maries altem Handy leider defekt. Außerdem könnte es ja sein, dass man sich mal ein Ei oder andere Sachen kochen will. Aber vielleicht auch wegen des treffenden Namens.«

»Ich denke, du hast die Bezeichnung *KLARA* ebenfalls sehr treffend gewählt«. Das FlühMühKüh hatte inzwischen seinen Gurt gelöst. »Bestimmt sollte es die Abkürzung für **Keine Logisch Arbeitende Richtungs-Anzeige** sein.«

»Mir ist gerade etwas viel Besseres eingefallen«, grunzte Bonifazius zurück, nachdem er *KLARA*s Abschaltknopf sehr heftig betätigt hatte. »Wie wär's mit **Kann Leider Auch Riesenblödsinn Ansagen**?«

Fünftes Kapitel

Der gelbe Engel

Nebenan rauschte der abendliche Verkehr unablässig weiter, nach Österreich und über die Brennerautobahn hinunter nach Bozen in Südtirol. Dorthin, wo morgen Nachmittag die Versteigerung des Pecore Marrone stattfinden sollte und wo das FlühMühKüh und Bonifazius Schwein jetzt eigentlich sein wollten.

Die Stimmung der beiden Plüschtiere hatte ihren absoluten Tiefpunkt erreicht. Nach der Erkenntnis, dass man soeben haarscharf an einer Katastrophe mit den allerschlimmsten Folgen vorbeigeschrammt war, schien es nun zur Gewissheit zu werden, hier auf dieser Wiese das Unternehmen endgültig beenden zu müssen. Wie sollten die beiden schließlich in dieser abgelegenen Gegend Benzin für den Hubschrauber organisieren? Und auf welche sonstige Art und Weise als mit dem *SCHWEINEHELI* würde man überhaupt hier wegkommen? Per Anhalter an der Autobahn? Schon der Gedanke war einfach nur lachhaft.

Schweigend und nur um sich ein wenig abzulenken, hatten das Küh und Bonifazius schließlich den Rettungsfallschirm zusammengelegt und in sein Staufach hinter der Glaskanzel verfrachtet. Dann betrachtete man den drüben zwischen den Leitplanken dahinfließenden Verkehrsstrom. Die Dämmerung setzte allmählich ein; die Fahrzeuge, die ihren Weg auf dem grauen Betonband nahmen, hatten bereits ihre Scheinwerfer eingeschaltet.

Es war unglaublich, welche Massen von Autos trotz der doch schon fortgeschrittenen Abendstunde immer noch unterwegs waren: sehr viele Lastzüge der verschiedensten Speditionen und aus aller Herren Länder, die Personenwagen der Urlaubsreisenden und auch der Einheimischen, die endlich Feierabend hatten und ihrem Zuhause entgegenstrebten, ein gelber Kombi der Pannenhilfe, ein großer Kran, ein Schwerlasttransporter …

Ein gelbes Pannenhilfsfahrzeug?! Ein Gedanke schoss unserem FlühMühKüh durch den Kopf, eine Idee, auf die es, so sagte es sich vorwurfsvoll, eigentlich schon viel eher hätte kommen müssen. Zugegebenermaßen fast schon so verrückt wie der ganze Plan, aber vielleicht die einzige Chance, doch noch von hier wegzukommen und morgen rechtzeitig zur Auktion in Bozen zu sein.

»Sag mal, Bonifazius«, unterbrach es das nun schon eine geraume Weile herrschende Schweigen, »ist es denn überhaupt noch möglich, mit dem *Eierphone* zu telefonieren? Oder kommt dabei auch nur Quatsch heraus?«

Bonifazius Schwein schaute überrascht auf. »Ich denke, das dürfte die einzige Funktion sein, von der ich derzeit überzeugt bin, dass sie fehlerfrei ist«, knurrte er zurück. »Was hast du denn vor? Willst du etwa die Patzelts anrufen? Soll uns Martin übermorgen hier aufsammeln? Dann ist aber wahrscheinlich sowieso alles zu spät, dann wird das Pecore Marrone bereits …«

»Nein, nicht Martin, nicht die Patzelts«, unterbrach das Küh den Redefluss des zerknirschten Schweines. Es kramte in seinem kleinen Köfferchen und zog schließlich ein Büchlein hervor, in dem es mit seinen Pfoten sehr aufgeregt blätterte. »Ha, hier! Ich hab's doch gewusst, dass ich seine Nummer aufgeschrieben habe. Hoffentlich ist er nicht verreist.«

Bonifazius verstand kein Wort von den Dingen, die das Küh da vorhatte. Was sollte das alles? Welche Nummer und von wem? Schulterzuckend schaltete das Schwein *KLARA* wieder ein, betätigte aber sofort die Funktionstaste mit dem Telefonzeichen, um nicht wieder die kreischende Stimme hören zu müssen, die seiner Meinung nach die Hauptverantwortung für den ganzen Schlamassel hier trug.

Das FlühMühKüh wählte auf dem *Eierphone* die herausgesuchte Telefonnummer, nahm das Gerät in beide Pfoten und hielt es sich an sein braunes Plüschohr. Eine kurze Zeit war nur das Tuten zu hören, dann meldete sich eine tiefe Männerstimme mit bayerischem Akzent: »Ja, Pannenhilfsdienst Holzner & Sohn, hier Bachweber!«

Dem Küh fiel beim Klang dieser vertrauten Stimme ein zentnerschwerer Stein vom Herzen. Es räusperte sich kurz und sagte dann: »Ja, Herr Bachweber, ich meine, äh, hallo Paul, hier ist das FlühMühKüh!«

Eine Weile war es sehr ruhig am anderen Ende der Leitung. Dann aber dröhnte die Stimme von Paul Bachweber los: »Was, das FlühMühKüh? Das ist ja toll, dass du mich mal anrufst! Wie geht's euch denn? Was machen Martin, Cäcilia und Anne? Ihr wolltet mich doch im Urlaub besuchen. Ich habe dann ja sowieso jede Menge Zeit, wenn ich … Wann kommt ihr denn?«

»Wir sind quasi schon da, äh, also ich ohne die Patzelts, dafür aber, nun ja, mit Bonifazius Schwein, der hier neben mir …«

»WAS? Ihr beide allein? Ohne die Familie? Ja, von woher rufst du denn eigentlich an?« Paul Bachweber schien ein wenig aufgeregt zu sein angesichts dieser Neuigkeiten. Das Küh versuchte, seinen Gesprächspartner auf die nun folgende Erklärung sehr schonend vorzubereiten.

»Wir, na ja, äh, wir sind in der Nähe des Flughafens neben der Autobahn auf einer Wiese gelandet, ohne Benzin. Man kann von hier aus das große Fußballstadion sehen und ein Feldweg führt hier vorbei und …«

»WAS SEID IHR?« Das Küh musste das *Eierphone* ein wenig vom Ohr wegnehmen, weil Paul Bachweber so laut geworden war, dass selbst das etwas abseits stehende Schwein noch jedes Wort verstanden hatte. »Ihr seid hier in München? Ohne Benzin auf einer Wiese? Habt ihr ein Auto organisiert – etwa Martins Kombi? Und seid dann ALLEIN losgefahren? Wie denn?«

»Nein, nein«, beeilte sich das Küh zu beschwichtigen, »unser Hubschrauber hatte kein Benzin mehr und …«

»HUBSCHRAUBER?« Nun musste das FlühMüh-Küh das Gerät schon mit ausgestreckten Pfoten von sich halten, um keinen Hörschaden zu erleiden. Die Beruhigungstaktik schien gründlich fehlgeschlagen zu sein. »Seid ihr denn noch zu retten? Ihr fliegt allein bis München? Und die Patzelts und Teresa und Marie haben sicherlich überhaupt keinen blassen Schimmer davon, was ihr so treibt, oder?« Paul Bachweber schien sich mittlerweile ein wenig beruhigt zu haben. Zumindest polterte er den letzten Satz nicht mehr so lautstark in sein Handy.

»Marie weiß schon, was wir vorhaben, aber sonst …« Das Küh nahm ein neuen Anlauf: »Bitte, Paul, bring uns ein paar Liter Benzin hierher. Wir müssen morgen in

Südtirol sein, in Bozen. Wir müssen ein Pecore Marrone ersteigern, einen ganz nahen Verwandten, der …«

»Habt ihr euch bei der Landung die Köpfe gestoßen? Was erzählst du denn für verrückte Sachen?« Ein kurzes Schnaufen oder auch tiefes Durchatmen war zu hören, dann sagte Paul Bachweber mit inzwischen wieder sehr ruhiger Stimme: »Okay, ich setze mich jetzt in meinen Dienstwagen und komme zu euch dort raus. Ich hatte sowieso Bereitschaft. Meine letzte übrigens. Aber geflogen wird heute nicht mehr, das sage ich euch! Ich bin bloß gespannt, wie ich das meinem Chef erklären soll. Vielleicht etwa: Hubschrauber mit Spritmangel liegen geblieben? Oder wie?« Er ließ sich noch vom Küh und Bonifazius ein paar Details der Umgebung beschreiben, um in der nun einsetzenden Dunkelheit den richtigen Weg zu finden. Dann beendete er das Gespräch.

Küh und Schwein sahen sich an. Ganz so trostlos wie vor einer halben Stunde sah die Lage nun wenigstens nicht mehr aus. Zumindest würden sie jetzt nicht die Nacht hier draußen auf der Wiese verbringen müssen. Und das war doch immerhin schon ein kleiner Lichtblick. Die beiden beschlossen, die Ankunft ihres persönlichen Gelben Engels in der geöffneten Kabine des Hubschraubers abzuwarten. Inzwischen war die Sonne am Untergehen, ihre letzten Strahlen hüllten die Landschaft in ein tiefrotes Licht. Wieder herrschte nachdenkliches Schweigen zwischen Bonifazius und dem FlühMühKüh.

»Was wohl meine Familie jetzt macht?«, seufzte mit einem Mal das Küh. »Ob sie den Brief schon gefunden haben? Und was werden sie dazu sagen, dass ich, nein, dass wir verschwunden sind? Besser gesagt, dich hatten sie ja überhaupt noch nicht zu Gesicht bekommen.«

»Sie brauchen sich doch keine Sorgen zu machen«, versuchte das Schwein seinen Freund ein wenig aufzumuntern. »Immerhin bist du ja mit mir zusammen, und da kann dir quasi gar nichts …«

Es stockte plötzlich in seiner Rede und spitzte die dreieckigen Ohren.

»Hast du das auch gehört?«, fragte es das Küh, welches aber nur verneinend den Kopf schüttelte.

»Was soll ich denn gehört haben? Ein Auto?«

»Nö, da war so ein Rascheln … Da! Da war es wieder, ganz in der Nähe!« Bonifazius spähte vorsichtig nach draußen und beobachtete die Wiese ringsum. Dann zuckte er zusammen und rief: »Da links kommt etwas im Gras auf uns zu! Was ist denn das? Ein Fuchs oder etwa ein Wolf?« Tatsächlich sahen nun alle beide einen niedrigen Schatten, der sich langsam, fast schon vorsichtig auf den Hubschrauber zubewegte. Auch dem Küh war die Sache überhaupt nicht geheuer, aber es holte entschlossen sein Schießzeug aus dem Köfferchen hervor, legte ein Zündplättchen ein (was es vorher noch nie getan hatte und eigentlich laut Martin auch niemals tun sollte!) und machte das Gerät schussklar.

Bonifazius war hin und her gerissen. Die pure Angst, von wilden Tieren angefallen zu werden, stand ihm deutlich auf die Schnauze geschrieben. Andererseits fand er es fast schon lächerlich, was unser Küh hier mit seinem Spielzeug vorhatte. Das aber scherte sich nicht um die Meinung des Schweines und drückte, wenn auch mit leicht zitternder Pfote, einfach ab. Keinerlei Stichflamme, keine Explosion, es machte nur »Puff«, dann … hoppelte ein Hase erschrocken davon.

»Mit dir kann mir also quasi gar nichts passieren, was?«, meldete sich das FlühMühKüh aus seiner Qualmwolke, die das Abfeuern des Donnerrohres erzeugt hatte. Es hustete kurz, schüttelte den Kopf und meinte ein wenig schelmisch: »Tja, mit so einem Heldenschwein an seiner Seite braucht man wirklich überhaupt keine Angst zu haben. Der Hase sah ja auch echt zum Fürchten aus, nicht wahr?« Damit packte es die Pistole wieder in seinen Koffer.

Zwanzig schweigsame Minuten später waren die Lichter eines Autos zu erkennen, das schaukelnd über den holprigen Feldweg herankam und auf die Stelle zuhielt, auf welcher der *BONIFAZIUSKOPTER* stand. Der gelbe Wagen hielt an, die Scheinwerfer auf den Hubschrauber gerichtet, in dem die beiden Plüschfiguren bis eben noch gesessen hatten. Ein großer, kräftiger Mann mit buschigem Schnurrbart stieg aus dem Fahrzeug und kam langsam näher.

»Wenn ich es nicht mit eigenen Augen sehen würde … oder anders gesagt: Es ist nicht zu fassen!«, brummte Paul Bachweber und streckte dem Küh und Bonifazius Schwein zur Begrüßung die Hand entgegen. Dann nahm er das benzinlose Fluggerät in Augenschein.

»Habt ihr eine Ahnung, was euch mit dem Ding hätte alles passieren können?«, meinte der Pannenhelfer und begutachtete den *SCHWEINEHELI* eingehender. Bonifazius hatte schon zu einem Protest angesetzt, sah aber noch rechtzeitig das Küh, welches sich kopfschüttelnd die Pfote vor die Schnauze hielt und damit zu verstehen gab, jetzt besser nicht die zweifelhaften Qualitäten von Motor, Verbrauch und Navigationsgerät zu erwähnen.

»In Ordnung, ich lade jetzt euch und eure Höllenmaschine in mein Auto, dann geht's zur Firma und anschließend zu mir nach Hause. Und dort erzählt ihr mir eine glaubhafte Geschichte darüber, warum zwei Plüschnasen derartige Sachen veranstalten. Und wir rufen eure Familien an. Heute noch. Die müssen sich ja sonst was für Sorgen um euch machen!«

Bonifazius wollte noch bemerken, dass ja Teresa von dem Unternehmen gar keine Ahnung hatte und Marie bis morgen bei ihrer Tante übernachtete, ließ es dann aber bleiben. Der Hubschrauber wurde auf dem Dach des gelben Pannenhilfsfahrzeuges festgezurrt, da sich im Kofferraum die Ausrüstung und die Ersatzteile befanden. Die Plüschtiere platzierten sich auf dem Rücksitz. Vorher nahm das FlühMühKüh noch sein Köfferchen an sich, genauso wie Bonifazius das inzwischen wieder abgeschaltete *Eierphone*. Dann ging die Fahrt hinein in die riesige Stadt, deren Größe unsere Plüschhelden wieder ungeheuer beeindruckte. Das Küh kannte ja übrigens München schon von seinem ersten Abenteuer, als es von dem Abschleppfahrer nach einem Unfall gerettet und mit in sein Haus und zu seiner Arbeitsstelle genommen worden war.

Paul Bachweber steuerte den Wagen durch die immer noch sehr belebten Straßen, bis er schließlich in die Hofeinfahrt einer Firma einbog. *Holzner & Sohn* stand auf dem Schild geschrieben, das über dem Tor angebracht war. Paul stellte sein Dienstfahrzeug neben einem älteren blauen Mercedes ab, schloss diesen auf und verstaute den

Hubschrauber im Inneren des Kofferraumes, nachdem Bonifazius die Rotorblätter des Fluggerätes umgeklappt hatte. Ein Abtransport des guten Stückes wäre ansonsten unmöglich gewesen.

Die beiden Plüschtiere nahmen mit ihren Utensilien auf der Rückbank Platz, dann ging Paul Bachweber ins Hauptgebäude der Firma, in dem sich unter anderem auch das Büro und eine kleine Kantine befanden. Die Räume wirkten wie ausgestorben, kein Mensch war zu sehen. Eigentlich standen die restlichen Fahrzeuge des Unternehmens nun alle auf dem Hof, und normalerweise warteten die Kollegen, wenn keine Aufträge vorlagen, im Aufenthaltsraum bei einem Kaffee oder bei der hübschen Sekretärin im Büro auf neue Arbeit. Komisch, gerade heute, an seinem letzten richtigen Arbeitstag (morgen, am Freitag, hatte der Chef ihm bereits freigegeben, damit er in Ruhe seinen Spind in der Firma ausräumen und noch ein paar andere Dinge erledigen konnte) war keiner auffindbar. Dabei hätte er sich gerne noch von seinen Kollegen verabschiedet. Seinen Eintritt ins Rentnerdasein wollte er dann nächste Woche mit allen zusammen feiern.

Er betrat gerade etwas ratlos die dunkle Kantine, als das Licht aufflammte und aus mehreren Kehlen ein lautes »Alles Gute zum verdienten Ruhestand!« erschallte. Alle standen sie da, der Chef, die Sekretärin, seine ganzen Mitarbeiter. Paul Bachweber war überrascht und gerührt. Der Chef trat vor und überreichte ihm nach einer wirklich kurzen Rede einen Blumenstrauß sowie einen gut gefüllten Werkzeugkoffer, den er doch sicherlich für die Arbeit an seinem alten VW Käfer hervorragend gebrauchen könnte. »Und nächste Woche Samstag zu ihrer offiziellen Abschiedsfeier im ›Goldenen Schwan‹ lassen wir's dann mal ordentlich krachen, nicht wahr, mein lieber Paul?«, meinte Herr Holzner. »Heute sollte ein Gläschen Sekt reichen, denn die anderen Kollegen müssen vielleicht noch mal an die Arbeit. Pannen an Autos passieren nun mal auch nachts. Obwohl, Sie haben ja nun Feierabend. Da könnten Sie ja … Also, stoßen wir an. Auf Sie, Paul Bachweber, und danke für die 41 Jahre bei uns!«

»Ich habe heute noch etwas sehr Wichtiges vor«, bemerkte dieser, als der Trubel schließlich ein wenig nachließ. »Ich hoffe, Sie nehmen mir das nicht übel, Herr Holzner, aber jemand wartet auf mich in meinem Auto.« Er nahm sein Geschenk und seine Blumen, bedankte sich noch einmal herzlich und ging, nachdem er sich ein letztes Mal aus seinem gelben Overall gezwängt hatte, zu seinem Wagen, in dem das Küh und Bonifazius geduldig ausharrten. Die tränenfeuchten Augen von Paul Bachweber sahen die beiden Plüschhelden nicht.

Die Geschichte, die der kräftige Mann mit dem Schnurrbart dann in seiner Wohnung erzählt bekam, ließ ihn ganz schnell vergessen, dass er ab morgen ein »Ruheständler« sein sollte.

»Ihr seid ganz sicher, dass es noch ein lebendiges Plüschwesen gibt? Und das soll morgen in Bozen versteigert werden?« Das FlühMühKüh und Bonifazius nickten zustimmend. Vor allem der Bericht des Schweines und die vorgelegten Zeitungsausschnitte ließen Paul Bachweber ins Grübeln versinken. Natürlich, die Sache klang absolut haarsträubend – für einen Außenstehenden. Aber hier in seiner Wohnung saßen ja bereits zwei Exemplare dieser außergewöhnlichen Plüschtiergattung. Weshalb also konnte es nicht durchaus noch ein weiteres geben, von dem bisher keiner etwas wusste? Und sollte die Mission ›Pecore Marrone‹ nach all den Gefahren, welche die beiden da vor ihm Sitzenden auf sich genommen hatten, nur daran scheitern, dass ihrem Transportmittel das Benzin ausgegangen war?

»In Ordnung«, sagte Paul schließlich nach einigem Überlegen. »Wir ziehen die Sache gemeinsam durch. Wir fahren morgen über den Brenner bis nach Bozen. Ich habe ja schließlich frei. Wann ist eigentlich der Beginn der Auktion?«

»Gegen 14 Uhr soll es im Spielzeugmuseum losgehen«, antwortete das Schwein. »Wann genau das Pecora versteigert werden soll, weiß ich allerdings nicht.«

»Hm, dann müssten wir hier in aller Frühe aufbrechen, damit wir noch genügend Zeit haben, falls auf der Strecke irgendwelche Staus sein sollten. Immerhin sind es fast 300 Kilometer.« Dann griff er zum Telefon und wählte eine Nummer, die dem FlühMühKüh sehr bekannt vorkam. »Ich glaube, bevor wir ins Bett gehen, müsste bei dir zu Hause noch jemand erfahren, dass mit euch alles in Ordnung ist. Oder irre ich mich?«

Als am anderen Ende der Leitung die Stimme von Martin zu hören war, wusste das kleine Küh, dass es jetzt eine sehr schwere Aufgabe vor sich hatte. Aber es war schließlich seine Familie, und die sollte sich keine Sorgen um ihr Plüschmaskottchen machen müssen. Dass sich das Telefonat anschließend ähnlich entwickelte wie jenes mit Paul, war dem FlühMühKüh sowieso klar gewesen und überraschte es deshalb nicht besonders. Nur die Lautstärke war diesmal etwas gemäßigter.

»Es ist bei Paul Bachweber in München? Zusammen mit Bonifazius Schwein?« Cäcilia und Anne konnten es nicht glauben. Sie hatten nur einen Teil von dem Gespräch mitbekommen, das Martin mit dem FlühMühKüh und anschließend mit Paul führte. »Was um Himmels willen wollen sie denn in München? Wir wollten doch ohnehin auf unserer Urlaubsfahrt einen Abstecher dorthin machen. Konnte das Küh es nicht mehr erwarten?« Cäcilia sah ratlos Martin an. Als sie und Anne dann auch noch erfuhren, dass Bonifazius und das FlühMühKüh mit einem Eigenbauhubschrauber ursprünglich bis nach Bozen wollten, um dort ein ebenfalls lebendig gewordenes Plüschtier namens Pecore Marrone zu befreien, konnten beide nur noch den Kopf schütteln.

»Und mich hat dieser Bonifazius auch noch auf unsere Feuerwache gelockt, damit er in aller Ruhe das Küh von seinen Plänen überzeugen kann. Das ist ja ein fast schon kriminelles Schwein! Ich weiß gar nicht, wie Teresa und Marie das aushalten. Was macht er denn als Nächstes? Eine Bank überfallen? Den Tresor aufsprengen?« Sein Ärger über die sinnlose Autofahrt am Vormittag war noch nicht ganz verraucht, aber mit dieser Bemerkung tat er dem Plüschschwein sicher unrecht. Dieser Ansicht waren auch Cäcilia und Anne.

»Wäre Bonifazius damals nicht gewesen, hätten wir unser Küh sicherlich gar nicht kennengelernt. Und was er ihm alles beigebracht hat! Außerdem stellt er ja nicht nur ausschließlich Unsinn an, wie ich aus Tirol weiß.« Cäcilia sah vorwurfsvoll zu ihrem Mann hinüber. Anne sprang ihrer Mutter bei: »Er wird sich bei dir sicherlich entschuldigen. Und überhaupt wollen die beiden ja eine Plüschfigur retten, die wahrscheinlich auch …«

»Ja, ich weiß!«, unterbrach sie Martin. »Mich würde bloß mal interessieren, warum der Hubschrauber nach Norden geflogen ist, wie mir Herbert vorhin erzählte. Bozen und Südtirol liegen genau in der anderen Richtung. Haben die zwei noch etwas anderes vorgehabt?« Er schaute kopfschüttelnd erst zu Boden, dann zu Cäcilia und Anne und meinte: »Paul sagt, er passt auf sie auf und wir sollen uns keine Gedanken machen. Er fährt morgen mit den beiden nach Bozen, kauft diese merkwürdige Plüschfigur und trifft sich dann mit uns am Samstag am Chiemsee. Dann haben wir unser FlühMühKüh wieder. Ich bin übrigens gespannt, was dieses Pecora überhaupt sein soll.«

Martin seufzte und fuhr fort: »Jetzt ist ja fast alles wieder in Ordnung. Wir machen ab übermorgen Urlaub in Bayern und besuchen anschließend Teresa und Marie. Und Paul in München natürlich auch noch. Ihr werdet sehen, dass die ganze Aufregung nun ein Ende hat.«

Hier irrte Martin gewaltig. Woher sollte er auch wissen, wie aufregend gerade die nächsten Stunden zumindest für unsere beiden Plüschfreunde und ihren Beschützer noch werden sollten?

Sechstes Kapitel

Manchmal kommt alles ganz anders

Der blaue Mercedes mit Paul Bachweber und den beiden Plüschfiguren rollte über die Autobahn in Richtung Bozen. Es war schon fast Mittag, der Zeitplan also damit bereits heftig durcheinandergeraten, denn einige Staus auf dem berühmten Brenner und an den Mautstationen hatten die Fahrtzeit von ursprünglich geplanten drei auf inzwischen fünf Stunden anwachsen lassen. Dem konsequenten Frühaufsteher und erfahrenen Straßenwachtfahrer, der die Tücken der Strecke kannte, war es zu verdanken, dass die Mission Pecore Marrone nicht schon am Zuspätkommen der Kaufentschlossenen scheiterte. Denn »nur der frühe Vogel fängt den Wurm« hatte Paul Bachweber mit seiner kräftigen Stimme dem Küh und dem Schwein beim Wecken ins Ohr trompetet. Der verschlafene Bonifazius ließ Paul daraufhin wissen, dass er als Genie und Wissenschaftler seinen Schlaf brauche und dieser seine frühen Würmer an die Vögel oder Fische verfüttern könnte. Durch die Überzeugungskraft des FlühMühKüh und die Androhung einer kalten Dusche konnte das Schwein schließlich dazu bewegt werden, seinen Platz auf dem Sofa zu verlassen, auf dem es mit seinem Gefährten die Nacht verbrachte. Inzwischen hatte Bonifazius angesichts der Verzögerungen jedoch eingesehen, dass ein frühes Aufbrechen in München auf alle Fälle gerechtfertigt gewesen war.

Das FlühMühKüh saß nun genau wie das Schwein

wieder auf der Rückbank des blauen Mercedes und hielt in seinen Pfoten ein kleines Wörterbuch. »Deutsch-Italienisch« lautete der Titel des Büchleins, welches es gestern in Pauls Bücherregal entdeckt hatte und dessen Inhalt es jetzt während der Fahrt interessiert studierte. Immerhin war das hier seine erste Reise nach Italien, und da wollte das Küh wenigstens etwas von dem verstehen, was die Menschen hier so sprachen.

»Das Buch brauchst du nicht«, knurrte Bonifazius von seiner Seite der Sitzbank herüber. »In Südtirol spricht man doch Deutsch.« Er hatte das *Eierphone* wieder aktiviert und wollte gerade nachschauen, ob er neue Nachrichten von Marie bekommen hatte. Da dies nicht der Fall war, startete er den Spielmodus, vertippte sich aber offensichtlich auf den Tasten, denn plötzlich kreischte das Gerät los: »Geben Sie eine Route ein! Sie geben SOFORT eine neue Route ein!«

»Willst du mich umbringen, Schwein?«, rief der erschrockene Paul von vorn, weil er mit allem Möglichen, aber nicht mit dieser kreissägenartigen Stimme von hinten gerechnet hatte. »Mach das Ding aus, oder ich sperre dich mit dieser *KLARA* für den Rest der Fahrt in den Kofferraum zu deinem Hubschrauber!« Dieser befand sich immer noch dort, da man ja auf der Rückfahrt einen Zwischenstopp in Tirol einlegen und das Fluggerät bei Teresa und Marie abliefern wollte. Dann sollte es weiter an den Chiemsee zu den Patzelts gehen.

Bonifazius grunzte etwas wie »... ich muss unbedingt die Spracheinheit umprogrammieren«, kam jedoch der Aufforderung nach, da er nur ungern im Gepäckabteil des Mercedes landen wollte. Schätzungsweise würde aber selbst die Installierung einer freundlicheren Stimme die grundlegenden Probleme von *KLARA* nicht wirklich lösen können. Für eine Weile herrschte anschließend Stille im Wagen.

»Was ist denn das hier im Ablagefach für ein komisches Döschen, Paul?« Das Schwein hatte sich inzwischen im Auto auf Erkundungstour begeben und eine Metalldose mit Deckel in der Mittelkonsole zwischen den Vordersitzen entdeckt. »Sind das Hustenpillen oder so was?« Es schleppte das Fundstück nach hinten. Dann ließ es mit einem Knopfdruck den Deckel aufschnappen.

»Nein, das ist mein Schnupftabak«, entgegnete Paul. »Lass bloß die Pfötchen davon, sonst …«

Diese Warnung kam zu spät. Bonifazius hatte seine neugierige Schnauze schon tief in der Dose versenkt und eine gehörige Menge des darin befindlichen pulverförmigen Inhalts in seine Nase eingesogen. Gleich darauf schien es, als würde das Schwein explodieren. Es nieste mindestens zwanzigmal, wurde dabei durch den heftigen Rückstoß auf der Sitzbank hin und her geworfen und fand sich anschließend mit roten, tränenden Augen im Fußraum zwischen den Sitzen wieder, wohin es durch ein letztes, sehr heftiges »Hatschi« katapultiert worden war. Mit einiger Mühe krabbelte es schließlich auf seinen Sitzplatz zurück. Dann war im Auto wieder Ruhe eingekehrt, lediglich unterbrochen vom gelegentlichen Schniefen aus Bonifazius' Rüssel.

»Ich hab's!«, fuhr es da plötzlich lautstark aus dem Küh heraus. Paul Bachweber zuckte erneut zusammen. »Fängst du jetzt auch noch mit diesem Unsinn an? Vom Schwein bin ich ja einige Dinge gewöhnt, aber von dir …«

»Diese Bemerkung finde ich reichlich diskriminierend, wenn man das mal so sagen darf. Ich und Unsinn? Wie muss ich denn das verstehen?« Bonifazius war sichtlich eingeschnappt.

»Wenn du braun wärst, könnte man ›beleidigte Leberwurst‹ zu dir sagen«, spottete Paul von vorn.

»Braun, na klar, genau das ist es!«, jubelte das Küh dazwischen. »Braunes Schaf oder so heißt es.«

Paul Bachweber schüttelte den Kopf, und auch das Schwein wusste nicht, was unser FlühMühKüh damit sagen wollte.

»Pecore oder Pecora bedeutet Schaf. Das ist Italienisch. Und marrone heißt braun. Es ist also ein braunes Schaf, das wir suchen. Warum sind wir denn nicht eher darauf gekommen, Bonifazius?«

»Das soll ein Schaf gewesen sein, was ich damals im Labor gesehen habe? Mit einer grünen Pelzmütze? Na ja, wenn ich mich richtig erinnere, hm, ich glaube, braun könnte es schon gewesen sein. Aber das war nie und nimmer so ein mähendes Wollknäuel, wie du behauptest! Und dann auch noch mit Pelzkappe?« Er schüttelte energisch den Kopf.

»Es hat doch aber diesen Namen oder die Bezeichnung nicht umsonst bekommen. Du heißt doch auch mit Nachnamen ›Schwein‹ und nicht etwa ›Kamel‹ oder ›Esel‹, nicht wahr?« Das Küh war sich seiner Sache sehr sicher.

Bonifazius wollte angesichts dieser neuerlichen Unverschämtheit zu einem Protest ansetzen, aber Paul kam ihm zuvor: »Klar, irgendwie klingt das für mich logisch. Wenn das Plüschtier in einer italienischen Firma oder von einem Italienisch sprechenden Produktentwickler entworfen wurde, könnte es schon möglich sein.« Er sagte »Produktentwickler« und nicht »Designer«, weil Paul Bachweber die Masse von englischen Begriffen in der deutschen Umgangssprache für völlig übertrieben hielt.

»Siehst du, Bonifazius, nun wissen wir endlich, was wir bei der Auktion kaufen und wen wir da vielleicht mitnehmen wollen.« Das FlühMühKüh klappte das Wörterbüchlein zu und sein Köfferchen auf. Es kramte ein wenig darin herum und hielt plötzlich eine merkwürdige graue Papphülse in den Pfoten, die an einem Ende eine Art Zündkopf, fast so ähnlich wie ein Streichholz, besaß. »Was ist denn das?«, fragte es verwundert. »Das habe ich doch gar nicht …«

»Pscht!«, machte das Schwein und gab mit Gesten zu verstehen, dass das Küh seinen Schnabel halten sollte. Dann wisperte es: »Die Dinger habe ich bei Paul gestern entdeckt. Ein paar übrig gebliebene Silvesterknaller. Nur geborgt, versteht sich. Die könnte ich für den Einbau eines pyrotechnischen Schleudersitzes in den Hubschrauber gut gebrauchen. Für den Fall, dass der Rettungsschirm auch noch versagt. Ich wusste nur nicht, wo ich sie verstecken sollte.«

»Du kannst doch nicht …«, wisperte das FlühMühKüh zurück. »Weißt du nicht, wie gefährlich das ist? Muss ich dich an deine fehlgeschlagenen Experimente in der Buchhandlung erinnern?« Bei einem Großversuch in drei Phasen hatte das Schwein vor zwei Jahren fast den ganzen Laden abgebrannt.

»Ich habe mich inzwischen weiterentwickelt, und das Niveau meiner Erfindungen hat einen viel höheren Stand erreicht als damals!«, prahlte das selbst ernannte Genie.

»Pah, von wegen weiterentwickelt«, schimpfte jetzt das Küh lautstark los. »Und womöglich auch noch geistig, was? Du hast zu Beginn des Fluges nur auf dein blödes *Eierphone* gehört! Wahrscheinlich hättest du noch am Nordpol behauptet, dass wir uns über München befinden, und dich nur gewundert, dass es dort im Sommer so kalt ist!« Das kleine Plüschtier war stocksauer.

»Was streitet ihr euch denn da hinten herum? Ich denke, ihr seid Freunde«, bemerkte Paul, der nur den letzten Rest der Auseinandersetzung auf der Rückbank mitbekommen hatte. »Jetzt, wo wir kurz vor dem Ziel sind, kriegt ihr euch in die Haare. Schaut mal, da vorne ist schon Bozen. Eigentlich müssen wir dann nur noch das Spielzeugmuseum finden. Und einen Parkplatz.«

Sie verließen die Autobahn und fuhren auf einer breiten Straße hinein in die große Stadt. An einer roten Ampel warf Paul Bachweber einen Blick auf den Stadtplan, der neben ihm auf dem Beifahrersitz lag. »Hm, ich glaube, da müsste es sein …«, brummte er vor sich hin.

»Wenn ich vielleicht die Dienste von *KLARA* anbieten könnte?«, grunzte das Schwein, aber das Küh und Paul riefen sofort wie aus einem Mund: »NIEMALS!«, sodass Bonifazius mit einem trotzigen »Dann eben nicht!« wieder seine Rolle als beleidigte Wurstware übernahm und sich schmollend in der Ecke verkroch.

»Mir kommt da eine Idee«, bemerkte Paul, als sie sich schon mitten im dicksten Innenstadtverkehr befanden. »Wisst ihr was? Jetzt haben wir es kurz vor zwölf, somit ist also noch jede Menge Zeit bis zum Beginn der Versteigerung. Wir werden uns vorher noch eine nette kleine Pension suchen und die Nacht hier in Bozen verbringen.

Wir müssen ja nicht heute zurückhetzen, wenn die Patzelts erst morgen Nachmittag am Chiemsee eintreffen. Da werden wir uns noch ein bisschen in der Stadt umsehen und einen gemütlichen Abend verbringen. Morgen wird ausgeschlafen, dann fahre ich zuerst bei dir zu Hause vorbei, Bonifazius, und anschließend liefere ich dich bei deiner Familie ab, Küh. Einverstanden?«

»Jawohl, einverstanden!«, erklang es einstimmig von der Rückbank des Mercedes. Die gute Laune war bei allen Teilnehmern des Unternehmens wieder zurückgekehrt.

Die Suche nach einem freien Zimmer erwies sich schwieriger als gedacht. Immerhin war die Urlaubszeit schon angebrochen, die viele Touristen nach Südtirol strömen ließ. Mit etwas Glück fand die kleine Reisegruppe schließlich aber doch eine recht nette Unterkunft in einer Pension, die sich nicht einmal sehr weit weg vom Spielzeugmuseum befand und im Kellergeschoss ein gemütliches Restaurant mit Bar beherbergte. Der Wagen wurde auf dem Parkplatz abgestellt, das wenige Gepäck der drei nach oben geschafft. Anschließend machte man sich zu Fuß auf zum Ort der Auktion.

Das FlühMühKüh und Bonifazius befanden sich jetzt in den Innentaschen von Paul Bachwebers Jacke, von wo aus sie einen recht guten Ausblick auf das Geschehen hatten und nicht allzu sehr auffielen. Der einzige Nachteil an der Sache war, dass der kräftige Mann bei der Mittagshitze trotz des geöffneten Reißverschlusses dadurch schnell ins Schwitzen geriet und die Menschen, die ihnen auf den Straßen in ihrem leichten sommerlichen Outfit begegneten, ziemlich komisch schauten.

Doch dies war nun einmal die einzige Möglichkeit, die beiden Plüschtiere einigermaßen unsichtbar am nun folgenden Geschehen teilhaben zu lassen.

»Was wird denn so ein Schaf wohl kosten?«, fragte Paul gerade so laut, dass die Tascheninsassen es hören konnten.

»Ich habe meine mitgebrachten Münzen eingesteckt«, meldete sich das Küh. »Das sind, äh, warte mal, neun Euro und fünfzig Cent.« Damit begann es, die Summe noch einmal nachzuzählen, was einige Leute auf der Straße verwundert registrierten, denn die Bewegungen und das Zappeln der kleinen Figur in seiner Jackentasche waren selbstverständlich auch von außen gut zu erkennen. Es sah aus, als hätte das Kleidungsstück ein irrwitziges Eigenleben entwickelt.

»Willst du wohl stillsitzen?«, fuhr es aus Paul Bachweber heraus. »Wenn du unbedingt entdeckt werden willst, kann ich dich ja gleich als Hut aufsetzen!« Dann sah er, dass ihn die Umstehenden entgeistert anstarrten. Man ging offensichtlich davon aus, dass der kräftige Herr da nicht mehr ganz bei Trost war und mit seiner grauen Jacke Selbstgespräche führte.

Die andere Seite, oder besser gesagt deren Tascheninhalt, meldete sich nun auch noch zu Wort: »Ich denke«, grunzte das Schwein, »wir haben nur diese eine Gelegenheit und sollten kein Risiko eingehen. In der Zeitung hieß es zwar, dass die Sachen nicht sehr teuer seien, ›für den kleinen Geldbeutel‹ schrieb man. Aber vielleicht reicht ja die doch sehr kleine Münzsammlung unseres Kühs nicht ganz. Wie viel Geld hast du denn so dabei, Paul?«

»Ihr treibt mich noch in den Wahnsinn«, knurrte der leise, weil er mitbekommen hatte, dass ein paar lachende japanische oder chinesische Touristen bereits anfingen, mit ihren Handys Bilder von ihm zu schießen. »Wenn ich mich spätestens morgen weltweit im Internet als armer Irrer wiederfinde, seid ihr schuld!« Paul zog sein Portemonnaie hervor und überprüfte dessen Inhalt. »Na ja, vielleicht ist es besser, wenn ich mir am Geldautomaten noch etwas auszahlen lasse. Das Zimmer in der Pension müssen wir ja morgen auch noch bezahlen können.« Glücklicherweise gab es direkt neben dem Spielzeugmuseum eine Bank, sodass die drei, nun mit wahrscheinlich genügender Barschaft ausgestattet, eine Viertelstunde vor Beginn der Veranstaltung den Auktionssaal betraten. Die Plätze waren schon gut besetzt und der Raum von einem erwartungsvollen Gemurmel der Leute erfüllt. Paul Bachweber ergatterte gerade noch so den letzten freien Stuhl in der vierten Reihe.

Vorn auf einer Art Podest befand sich ein Stehpult, und dahinter konnte man bereits den Auktionator sehen; einen Mann in einem eleganten dunklen Anzug, der dem Höchstbietenden später mit dem Klopfen seines kleinen Holzhammers auf das Pult den Kauf oder eben den »Zuschlag« mit den Worten verkündete: »Zum Ersten, zum Zweiten und zum Dritten! Verkauft an den Herrn (oder die Dame) auf dem Platz Nummer sowieso für soundso viel Euro!« Vorerst hatte das Hämmerchen noch Pause, die Kaufwilligen oder einfach nur Neugierigen waren noch nicht alle durch die breite Tür eingetreten und unterhielten sich noch teilweise lautstark im Foyer miteinander. Dann verkündete eine Glocke den Beginn der Veranstaltung, die letzten Besucher betraten den Saal und die Tür wurde geschlossen.

»Ich möchte an dieser Stelle noch einmal darauf hinweisen«, verkündete der Auktionator nach der Begrüßung, »dass der Erlös wie angekündigt dem Ausbau unseres Museums zugutekommen wird und die ersteigerten Spielsachen anschließend sofort und in bar zu bezahlen sind. Kreditkarten und Schecks können wir leider nicht akzeptieren. Wir beginnen nun mit einer Serie von zehn Ritterfiguren zu Pferde, sehr guter Zustand, fast neuwertig. Das Mindestgebot liegt bei einem Euro.« Sofort schoss in der ersten Reihe der Zeigefinger eines jungen Mannes nach oben. Der Auktionator lächelte wohlwollend und meinte: »Ah, unser erster Bieter heute. Wer würde zwei Euro zahlen?« Eine ältere Dame mit Hut, die von ihrem Enkel begleitet wurde, gab durch Hochhalten der Hand zu verstehen, dass sie durchaus gewillt wäre, dies zu tun. Bei den danach aufgerufenen drei Euro meldeten sich dann mehrere Interessenten. Die anfängliche Zurückhaltung der Besucher schien gebrochen zu sein. Letztendlich wechselten die Ritterfiguren für 12,50 Euro den Besitzer. Der junge Mann mit dem ersten Gebot erhielt den Zuschlag und wurde zur Zahlung und zum Empfang der Ware an einen Nebentisch gebeten. Man fragte auch höflich nach Namen und Adresse, denn das Museum wollte als Dankeschön unter allen Käufern einige Dauereintrittskarten verlosen.

»Das ist alles?«, wisperte das Küh Paul Bachweber aus der Deckung zu. »Mehr muss man nicht tun, außer zum richtigen Zeitpunkt seine Hand oder den Finger zu heben?« Das kleine Plüschtier war mehr als verwundert. »Das ist aber einfach!«

»Nur wenn man genügend Bargeld dabeihat. Und jetzt bitte Ruhe, sonst verpassen wir noch das Pecore Marrone!« Paul drückte sanft, aber bestimmt die neugierige Plüschnase wieder in seine Tasche zurück und widmete sich erneut dem Geschehen im Raum.

Als Nächstes wurde ein ferngesteuertes Auto aufgerufen, für welches ein Sammler bemerkenswerte 35 Euro bezahlte. Aber selbst diese Summe bedeutete immer noch sehr wenig Geld für dieses seltene und schöne Stück.

Überhaupt zeichnete sich das ab, was in der Zeitungsannonce angedeutet worden war: Die Spielsachen gingen bisher durchweg für geringe oder eben nicht allzu hohe Preise an die Meistbietenden. Ein großer Teddy fand für 11 Euro ein neues Zuhause bei der Dame mit Hut beziehungsweise ihrem Enkel, die zu den Rittern passende Burg ging für 15,50 Euro ebenfalls an den jungen Mann aus der ersten Reihe. Plüschtiere und -figuren erzielten durchweg niedrige Summen. Das Interesse an diesen Dingen war eher gering, was die Erfolgsaussichten für den geplanten Kauf des »braunen Schafes« enorm steigerte. Dann, nach etwa einer halben Stunde, kündigte der inzwischen schon etwas heisere Auktionator eine Pause an. Allerdings sollte vorher noch eine Plüschfigur versteigert werden. Der Mann sah auf einen Zettel und las die Beschreibung des Gegenstands vor, der nun angeboten wurde: »Es handelt sich, Moment bitte, um ein sogenanntes Pecore Marrone, also ein Schaf, sehr wahrscheinlich neuwertig, wie es ausschaut.« Ein Mitarbeiter des Museums hielt eine braune Plüschfigur mit grüner

Pelzkappe in die Höhe, die vielleicht 30 Zentimeter groß war und mit seiner Knollenschnauze tatsächlich dem FlühMühKüh sehr ähnelte. Während in einigen Reihen ein gelangweiltes Gähnen zu vernehmen war (was denn, schon wieder ein Plüschtier?), zuckten in der vierten Reihe Paul Bachweber und die in seinen Jackentaschen sitzenden Freunde heftig zusammen. Jetzt war es also so weit. Nun würde sich zeigen, ob sich der ganze Aufwand wirklich gelohnt hatte oder ob das Schwein, nein, eigentlich sie alle drei einer völlig falschen Spur gefolgt waren.

»Das Mindestgebot ist wie immer ein Euro«, wurde soeben vom Herrn hinter dem Pult verkündet.

Der Zeigefinger von Paul Bachweber schoss wie ein Blitz nach oben. Aber nicht nur seiner. Ganz vorn in der ersten Reihe war ebenfalls ein erhobener Finger zu erkennen.

»Bietet jemand zwei Euro?«, fragte der Auktionator, und wieder gingen der Finger da vorn und Pauls Hand in die Höhe. »Vier Euro?«, lautete der nächste Aufruf, und das Spiel in der ersten und in der vierten Reihe wiederholte sich. Der Herr mit dem Holzhämmerchen witterte ein Geschäft. »Wie wäre es denn mit einem glatten Zehner?« Erneut gab es sofort von beiden Interessenten die entsprechenden Handzeichen.

»Wer zum Kuckuck will sich denn hier *unser* Schaf schnappen?«, sagte ein besorgter Paul mehr zu sich selbst als zu den beiden ebenfalls überraschten Figuren in seiner Jacke und zeigte mit einer zustimmenden Geste an, dass er auch bereit wäre, die inzwischen geforderten 50 Euro zu zahlen. Leider war das der andere Herr, von dem bisher immer nur die Hand und der blaue Ärmel seines Hemdes sichtbar wurden, auch. Im Raum herrschte mittlerweile eine gespannte Atmosphäre, bis auf die Stimme des Mannes hinterm Pult war nichts zu hören. Die Menschen im Saal hatten anfangs angesichts der unverhältnismäßig hohen Summe die Köpfe geschüttelt und verfolgten nun gebannt den Zweikampf, den sich die beiden Bieter da wegen eines simplen Schafes aus Plüsch lieferten.

Paul Bachweber geriet allmählich so richtig ins Schwitzen. Die Gebote, die der Auktionator aufrief, schnellten in schwindelerregende Höhen, und der andere Kaufwillige da vorn bot ohne Zögern mit. Nein, es würde kein Schnäppchen werden, und als sagenhafte und unvorstellbare 200 Euro verkündet wurden, fiel Paul erschrocken ein, dass er damit jetzt nur noch ganze 20 übrig hätte. Mehr Bargeld befand sich nicht in seinem Portemonnaie. »Was sollen wir denn machen, wenn es nicht reicht?«, fragte er ratlos das Küh, welches ebenso wie das Schwein vor lauter Aufregung seine Nase nach draußen reckte. »Ich habe doch noch, warte mal, äh … hier, meine Münzen«, verkündete das FlühMühKüh, aber da lag das Gebot bereits bei 230 Euro. Und wieder hob sich sofort der Finger des Bieters in der ersten Reihe.

»NEIN!«, riefen das Küh und das Schwein, was zu einem Tuscheln im Raum führte. Alle sahen gespannt auf Paul Bachweber, der aber nur noch resignierend die Schultern zuckte. Unfassbare, wahnwitzige 230 Euro waren aufgerufen, und er konnte nicht mehr mithalten, weil dieser Herr da vorn, für den Geld offenbar keine Rolle spielte, den Preis derart in die Höhe getrieben hatte. Zwei fassungslose Plüschfiguren und ein genauso fassungsloser Paul sahen, wie der Holzhammer nach unten aufs Pult knallte und verkündet wurde: »Zum Ersten, zum Zweiten und zum Dritten! Verkauft an den Herrn hier vorn auf Platz sieben für 230 Euro. Herzlichen Glückwunsch!« Ein angesichts dieses überraschenden Ergebnisses strahlender Auktionator gab bekannt, dass man nun eine zehnminütige Pause einlegen würde. Der Herr im blauen Hemd stand auf, ging nach vorn, um zu bezahlen und das Schaf in Empfang zu nehmen, und war somit das erste Mal für die hinten Sitzenden sichtbar: ein Mann Mitte vierzig, mit strähnigem Haar und einem Spitzbart. Als er an Paul Bachweber vorüber dem Ausgang entgegenstrebte, war so etwas wie ein triumphierendes Grinsen in seinem Gesicht zu erkennen, das einem verblüfften Ausdruck wich, als er die beiden Plüschtiere in den Jackentaschen sah. Fast wäre er gegen die geschlossene Tür geknallt, weil er im Laufen immer noch den Kopf gedreht hatte. Es schien, als hätte er etwas Bekanntes gesehen, das er hier aber niemals vermutete. Dann war er verschwunden.

»Was nun?« Auf diese Frage, die das Küh und das Schwein fast gleichzeitig stellten, wusste auch der erfahrene ehemalige Abschleppfahrer keine Antwort.

»Ich weiß es nicht. Sollen wir dem da etwa nachrennen und ihm vielleicht ein höheres Angebot machen? Das wird nichts bringen. Der Mann hätte auch 500 Euro für das Schaf bezahlt, so verrückt wie der danach war.« Er seufzte und stand auf. Dann sah er, wie der Auktionator auf ihn zukam.

»Mein Herr«, sagte dieser, »nun, es geht mich ja eigentlich nichts an, aber ich verstehe ehrlich gesagt nicht, weshalb Sie offensichtlich so niedergeschlagen sind. Warum versuchen Sie nicht, eines von den zwei anderen Schafen zu ersteigern, die wir dann nach der Pause anbieten werden? Beide tragen die gleiche Bezeichnung ›Pecore Marrone‹ und sind absolut identisch. Fast jedenfalls. Das eine Exemplar scheint mir ein wenig ausgeblichen oder das andere ist eben etwas farbintensiver, brauner, nun ja …«

Paul Bachweber und seine beiden jetzt wieder versteckten Freunde glaubten nicht richtig zu hören. Welche zwei anderen Exemplare? Gab es etwa nicht nur das eine? Hatte nicht Bonifazius felsenfest behauptet, dass es sich bei dem Gesuchten wahrscheinlich um ein Einzelstück handelte? Von mehreren Plüschschafen war nie die Rede gewesen!

»Also, wenn Sie wollen, mein Herr, bleiben Sie und versuchen Sie erneut Ihr Glück!«, schloss der Auktionator und ging wieder nach vorn hinter sein Pult.

Beide Pecore Marrone bekam Paul für zusammen geradezu lächerliche zwei Euro zugesprochen. Kein anderer Besucher der Auktion hatte sich beim Bieten beteiligt, alle waren abgeschreckt durch das vorherige Gerangel um das erste Schaf. Die plüschigen Neuerwerbungen steckten jetzt, während Paul der Pension zustrebte, in einer Plastiktüte, die ihm das Spielzeugmuseum großzügig spendierte. Immerhin hatte er ja mit dafür gesorgt, dass dem Veranstalter durch die Versteigerung eine ansehnliche Geldsumme zugeflossen war.

Als dann die Schafe vor ihnen auf dem Tisch in ihrem Zimmer saßen und man sie näher betrachtete, sahen die drei Freunde, dass tatsächlich ein Vertreter dieser Spezies dunkler zu sein schien. Ansonsten waren beide gleich, mit lockerem weichen Fell, einem kurzen Stummelschwanz und einer grünen samtigen Pelzkappe mit Klappen über den Schlappohren. Und sie saßen steif und starr da, rührten und bewegten sich nicht und sprachen auch keinen Ton. Kein »Mäh« oder irgendwelche sonstigen Laute waren den Knollenschnauzen entwichen.

Zumindest bisher. Mitten in die Grübelei, ob der andere Herr ihnen womöglich doch das richtige Pecora vor der Nase weggeschnappt hatte oder der ganze Plan nicht am Ende ein Riesenirrtum gewesen sei, sahen Paul, Bonifazius und das Küh verblüfft, wie sich das dunklere der beiden Schafe langsam aufrichtete, sie aufmerksam betrachtete und mit einer tiefen, aber angenehmen Stimme zu Paul Bachweber gewandt sagte: »*Grazie mille*, ich meine, vielen Dank, Signore, und *scusi*, äh, Entschuldigung, aber hätten Sie vielleicht etwas Nuss-Nougat-Creme für mich? Ich hatte so lange keine mehr.« Und dabei schaute es alle mit seinen strahlenden schwarzen Knopfaugen an, die denen des FlühMühKüh und des Schweines zum Verwechseln ähnlich waren. In diesem Moment wussten alle, dass sich die Mühen und die ganze Aufregung also doch noch gelohnt hatten.

Siebentes Kapitel

Aller guten Dinge sind drei

Der Inhalt des ersten von drei Portionsschälchen Nutella, welche Paul bei der freundlichen Pensionswirtin vom Frühstücksbuffet bekommen hatte, war soeben in der hellbraunen Schnauze des Schafes verschwunden. Bonifazius und das FlühMühKüh hatten sprachlos mit angesehen, wie es erst vorsichtig die Deckelfolie entfernte und dann mit der Pfote und in aller Ruhe genüsslich die Nougatcreme vertilgte. Den beiden Freunden war es schleierhaft, warum dieses Plüschwesen ein für die Menschen bestimmtes Nahrungsmittel in sich hineinschleckern konnte, während sie offenbar durch die Verabreichung einer regelmäßigen Dosis von geistigen Genüssen wie Wissenschaft, dem Lesen von Büchern, Reisen, schönen Eindrücken und dem Entdecken neuer Dinge existierten. Der Stadtbummel war vorerst verschoben worden, den Sehenswürdigkeiten von Bozen konnte man auch noch am Abend einen Besuch abstatten. Jetzt wollten die drei sich erst mal um ihre neue »Errungenschaft«, ihr Pecore Marrone kümmern, welches aber offensichtlich gar nicht so recht wusste, dass es mit dieser Bezeichnung gemeint war und wie es denn angesprochen werden sollte.

»Du hast noch gar keinen richtigen Namen bekommen?«, wunderte sich Paul. »In all der Zeit im Museum oder auch nicht davor? Was ist eigentlich vorher alles passiert?«

Das Schaf schaute bei dieser Frage ein wenig überrascht und meinte dann nach kurzem Nachdenken: »Sehr interessant, dass Sie das gerade jetzt fragen, Signore, aber als ich dich (damit zeigte es auf Bonifazius) vorhin das erste Mal gesehen habe, fiel mir plötzlich ein Teil meiner Vergangenheit wieder ein, der mir wahrscheinlich im Laufe der Zeit entfallen war. Ich bin dem *maiale*, äh, Schwein hier schon einmal begegnet, und zwar in diesem total kaputten Labor. Mein lieber Scholly, dort sah es vielleicht aus! Das bist doch du damals gewesen, oder gibt es etwa noch mehr von deiner Art?«

Das Schwein schüttelte den Kopf. »Ich glaube nicht. Zumindest ist mir bisher nichts zu Ohren gekommen. Aber von deiner Existenz haben wir ja auch erst jetzt erfahren. Dann hatte ich diesen genialen Plan, und mit meinem Hubschrauber und den tollen Erfindungen …« Hier schwieg Bonifazius plötzlich, denn das Küh hatte die Knopfaugen bis zum Anschlag nach oben in Richtung Zimmerdecke verdreht, die Backen aufgebläht und gab merkwürdige Geräusche von sich, als würde es wie ein Dampfkessel unter Druck stehen. Paul Bachweber konnte sich nur mit Mühe einen Lachanfall verkneifen, prustete aber ebenfalls kurz los. Das Schwein war gerade davor, wieder einzuschnappen, besann sich aber doch noch und knurrte nur leise: »Na ja, schön, selbstkritisch muss ich zugeben, dass das eine oder andere Detail noch verbesserungswürdig ist.« Es reichte dem Schaf die Pfote und stellte sich noch einmal sehr förmlich vor: »Bonifazius Schwein aus Tirol.«

»Und was ist mit dir, *mucca*, ich meine Kuh«, wollte das Plüschschaf nach der Begrüßungszeremonie wissen, »bist du ebenfalls in einem Labor zum Leben erweckt worden? Etwa auch in diesem …?«

»Nein, nein«, beeilte sich das Küh zu sagen, »ich bin in einer Spielzeugfabrik lebendig geworden, in China. Aber das erzähle ich dir ein andermal. Ich bin übrigens das FlühMühKüh. Komisch, *mucca* hat mich noch keiner genannt. Ist das Italienisch?«

Das Schaf nickte: »Tja, der alte Filippo sprach manchmal Deutsch und manchmal Italienisch und teilweise durcheinander ...«

»Der alte Filippo? Wer ist denn das?«, mischte sich jetzt Paul Bachweber ein. »Ist das ein Mitarbeiter des Museums?«

Das Schaf seufzte laut. »Nein«, meinte es dann nach einem Moment des Nachdenkens, »Filippo, tja, äh, wie soll ich sagen ... gibt es nicht mehr. Er war im Museum Nachtwächter. Mein lieber Scholly, wenn er nicht gewesen wäre ...« Die Plüschfigur mit der grünen Pelzkappe schniefte kurz und sagte zu Paul: »Ich habe mich ja noch gar nicht richtig bei Ihnen bedankt, Signore. *Grazie che mi hai scelto*, ich meine, danke, dass Sie mich ausgewählt haben. *Scusi*, immerzu kommt mir das Italienische in die Schnauze!«

»Keine Ursache, Schaf«, sagte Paul Bachweber gerührt. »Aber vielleicht erzählst du uns einfach mal deine Geschichte, angefangen beim Unfall im Labor und dem, was mit dir dann passiert ist, als nach der Explosion unser Bonifazius hier in die Kiste mit den anderen Schweinen gesteckt wurde. Ach, außerdem: Du musst mich nicht mit ›Signore‹ anreden. Sag einfach Paul zu mir. Das dürfen die beiden Plüschnasen«, damit zeigte er auf das Küh und Bonifazius, »übrigens auch schon lange. Und anschließend, wenn du uns alles berichtet hast, suchen wir einen passenden Namen für dich. Schaf allein klingt irgendwie blöd, oder sollen wir doch Pecora zu dir sagen?«

»Ich habe mir darüber noch keine Gedanken gemacht, Signore, ich meine, Paul. Mein lieber Scholly, wo fange ich denn jetzt an?« Das kleine Plüschschaf versuchte sich zu erinnern und begann schließlich zu erzählen: »Der elegante Herr von der Spielzeugfirma, der uns an der Unfallstelle übernommen hatte, war wirklich sehr nett. ›Du bist doch viel zu schade zum Wegwerfen, nicht wahr? Was hast du denn überhaupt in diesem Labor gemacht?‹, fragte er und trug mich, nachdem er den Karton mit den Schweinen in der Entwicklungsabteilung der Firma abgeliefert hatte, in sein Büro. Dort setzte er mich auf seinen Schreibtisch und telefonierte mit jemandem. Ich hörte, wie er ›Die beiden anderen Exemplare sind ja auch schon bei Ihnen‹ sagte und ›Ich bringe den kleinen Kerl anschließend bei Ihnen vorbei‹. Dann wurde ich in sein Auto gesetzt und wir fuhren zum Spielzeugmuseum. Dort begegnete ich das erste Mal meinen beiden Artgenossen. Nur dass die, wie ich bald herausfand, weder mit mir redeten noch sich bewegten. Sie waren so ganz anders als ich, wie eben auch die restlichen Plüschtiere im Museum.«

»Warum konntest du überhaupt von Anfang an sprechen?«, warf Bonifazius ein. »Ich habe das nämlich erst in der Buchhandlung in Tirol bei meiner Marie gelernt.« Er überlegte kurz. »Hm, na klar, ich weiß noch, dass du schon im Labor ›Mein lieber Scholly‹ gesagt hast.«

»Stimmt genau«, meinte das Schaf, »und ich hatte einen gewaltigen Schluckauf, der glücklicherweise gerade vorbei war, als uns die Feuerwehrleute fanden. Vielleicht lag es an den komischen Körnern, die an der Nougatcreme klebten. Oder es kam einfach durch die Explosion. So richtig bin ich leider noch nicht dahintergekommen.«

»Das könnten wir mittels eines Experiments ganz schnell klären!«, rief Bonifazius unternehmungslustig, war aber sofort still, weil sich das Küh schon wieder ahnungsvoll mit der Pfote an die Stirn knallte und dabei die Knopfaugen verdrehte. Da schwieg das Schwein lieber und lauschte erneut dem Schaf. Das erzählte weiter: »Am Anfang hat man uns drei meistens noch zusammen ausgestellt. Zuerst war es ganz lustig, wenn ich mich nachts von den anderen weggeschlichen habe und dann am Morgen von den Museumsmitarbeitern in der Puppenküche oder in der Lokomotive der Garteneisenbahn gefunden wurde. Sie dachten dann immer, die Leute vom Sicherheitsdienst hätten ihnen einen Streich gespielt. Manchmal saßen wir auch in einer Vitrine, in der die Produkte der Firma gezeigt wurden, die uns hergestellt hatte. Wir gehörten, wie ich einmal aufschnappen konnte, zu einer geplanten Serie, welche für die skandinavischen Länder, also Schweden, Finnland, Norwegen und so weiter, bestimmt sein sollte. Aber dann beschloss man in der Fabrik, dass Elche mit Schal für diesen Markt besser geeignet sind.«

»Aha«, rief das Küh dazwischen, »deshalb hast du die warme Pelzkappe bekommen. Wegen der Kälte, die da oben im Norden herrscht.« Die Knollenschnauze des FlühMühKüh bekam einen leicht schelmischen Ausdruck, als es mit einem Seitenblick zum Schwein bemerkte: »Weißt du, wir wären gestern nämlich auch bald in Grönland gelandet …«

»Ha, ha, der Witz der Woche und so alt, dass er schon in der Steinzeit nicht mehr aktuell war.« Bonifazius schien ziemlich angesäuert. »Immerhin sind wir jetzt hier, und …«

»Geht denn das schon wieder los?«, mischte sich nun Paul ein. »Vielleicht lasst ihr zuerst einmal das Schaf erzählen, bevor ihr weiterstreitet. Das ist ja bald nicht mehr zum Aushalten mit euch.« Der, um den es gerade ging, hatte bereits wieder sehnsuchtsvoll in Richtung Nutella-Näpfchen geschaut und bekam, als Paul Bachweber dies sah, eine kleine Zwischenstärkung.

»Es scheint süchtig nach dem Zeug zu sein«, wisperte Bonifazius dem Küh ins Plüschohr, »und ich vermute ganz stark, dass es gerade deshalb dunkler als seine beiden Zwillingsbrüder ist. Vielleicht wandelt es innerlich die Nougatcreme in Farbstoff um?« Das Schwein hatte wirklich ganz leise gesprochen, aber das Schaf, welches sich gerade die Pfote ableckte, hatte die Bemerkung trotzdem gehört und winkte ab: »*No, no*, nicht süchtig. Ich hatte nur sehr, sehr lange keine Gelegenheit mehr, an das Glas Nutella von Filippo heranzukommen. Oder, anders gesagt, der war ja dann …« Wieder schniefte das Plüschschaf traurig, überlegte dann kurz und fuhr fort: »Filippo war ein alter Mann bei der Sicherheitsabteilung des Museums. Man hätte ihn auch treffender Nachtwächter nennen können, denn er versah seinen Dienst nie tagsüber. Er besaß eine Vorliebe für Nuss-Nougat-Creme, so wie ich. Bei mir scheint das allerdings irgendwie mit dem Laborunfall zusammenzuhängen. Jedenfalls schmierte er sich immer in seiner Pause so gegen Mitternacht ein Nutella-Brötchen. Ein großes Glas davon stand immer auf dem Kühlschrank, in dem die anderen Wachleute ihre Brotdosen und Getränkeflaschen aufbewahrten. Als ich von der Museumsleitung nach einem oder zwei Jahren für nicht mehr so interessant angesehen wurde und statt als beachtetes Ausstellungsstück nur noch als Beiwerk für Hintergrunddekorationen diente, bin ich manchmal zum Kühlschrank geschlichen und habe mir aus dem Glas eine Pfote voll gegönnt. Mein lieber Scholly, war das lecker! Filippo hat erst gedacht, seine Kollegen würden ihm seinen geliebten Brotaufstrich wegfuttern. Aber eines Nachts hat er mich wohl entdeckt, als ich gerade das Glas wieder zuschrauben wollte. Ich drehte mich um, da stand er in der Tür und sah mich ziemlich verblüfft an. Er ist dann einen Moment später ganz ruhig weggegangen, als wäre nichts geschehen. Aber von da an änderte sich sehr viel in meinem Museumsdasein. Der Alte nahm mich nun manchmal auf seine Hand und drehte mit mir seine Runden durch die menschenleeren Räume. Ich durfte mit ihm interessante Reportagen im Fernsehen anschauen, wenn er seine Kontrollgänge durchgeführt hatte und ein wenig Ablenkung im Nachtprogramm suchte. Er hat sehr viel von sich erzählt, in einem Mix aus Deutsch und Italienisch, und mir dies und das erklärt. Irgendwann einmal sah er mich ganz lange an und sagte zu mir: ›Weißt du, dass du ein ganz besonderes, ein einzigartiges Pecora bist?‹ Ich habe einfach nur still dagesessen, ihm zugehört und mich nicht bewegt. Am Ende seiner Schicht brachte er mich dann wieder an meinen gewohnten Platz. Ich war restlos glücklich. Das war die bisher schönste Zeit in meinem Leben.«

»Warum hast du denn nicht mit ihm gesprochen?«,

wollte das FlühMühKüh wissen. »Wieso hast du so getan, als wärst du ein ganz normales Plüschtier, wo doch dieser Nachtwächter schon dahintergekommen war, dass du eben anders, eben lebendig bist? Hattest du kein Vertrauen zu ihm?«

»Ich weiß es nicht«, seufzte das Schaf, »ich hatte auch keinen richtigen Mut. Ich dachte, der Alte könnte mich dann irgendwann mit zu sich nach Hause nehmen, in eine Welt, von der ich doch gar nichts Richtiges weiß und die mir fremd ist. Vielleicht war ich mit dem zufrieden, was ich hatte und wie es war. Mit meinem Museum, den Besuchern am Tag und Filippo und seinem Nutella-Glas bei Nacht. Es würde immer so bleiben, meinte ich. Aber dann, vor vielleicht einem halben Jahr, kam er nicht mehr zum Dienst. Ein junger Mann erschien statt des Alten und ich hörte, wie ihm der Kollege von der Tagschicht erzählte, dass es ganz schnell gegangen sei und wohl am Herzen gelegen habe und die Trauerfeier dann nächste Woche …«

Hier schniefte das kleine Plüschschaf erneut und wischte sich mit den Pfoten über die feuchten schwarzen Knopfaugen. Dann fuhr es fort: »Sein Sohn hat den Spind ausgeräumt und seine Sachen zusammen mit der Nougatcreme weggeschafft. Kurze Zeit später kam auch noch der neue Museumsdirektor. Er krempelte alles um, die Ausstellung wurde völlig neu und ganz modern als ›Erlebnismuseum zum Anfassen‹ gestaltet mit übergroßen Actionfiguren, Computerspielen und Filmvorführungen. Uns bezeichnete er als ›Fehlproduktion‹ oder auch ›langweiligen Krempel‹, den sowieso keiner mehr in seinem Museum sehen wollte. Alles, was unpassend oder nicht mehr zeitgemäß erschien, wurde in einem Abstellraum für die Versteigerung gesammelt. Egal ob Ritterburg, Indianer, Puppen oder Teddys. Und wir, die drei Pecore Marrone, waren die ersten, die man in diese Kammer schaffte. Jetzt wäre ich gerne mit Filippo zu ihm nach Hause gegangen, aber dafür war es zu spät. Erst kurz vor der Auktion hat man mich wieder aus diesem Gefängnis herausgeholt. Mein lieber Scholly, was bin ich froh, dass ich nun bei euch bin. Bloß, ich meine, *scusi*, wie geht es denn nun weiter mit mir?« Damit beendete das Schaf seine Erzählung und schaute Paul, Bonifazius und das FlühMühKüh erwartungsvoll mit großen Augen an.

Einen kurzen Moment herrschte Stille im Zimmer. »Die beiden hier«, damit ergriff Paul Bachweber mit einem Räuspern das Wort und zeigte auf das Küh und Bonifazius, »sind genauso wie du ein bisschen aus der Art geschlagen, wenn ich das mal so sagen darf.«

»Du darfst«, bestätigten die Angesprochenen lautstark. »Und beide«, fuhr Paul fort, »haben sich in unserer manchmal doch komplizierten Welt zurechtgefunden, erst kürzlich wieder einige gefährliche Abenteuer bestanden«, dabei sah er das Küh und Bonifazius sehr streng an, »und einen Familienanschluss gefunden. Warum also sollte das einem durchaus intelligenten Schaf wie dir denn nicht gelingen? Mein lieber Scholly, das wäre doch gelacht!« Er schlug zur Bestätigung seiner Rede mit der flachen Hand auf den Tisch, sodass die drei Plüschfiguren einen Hopser vollführten.

»Wir werden morgen zu meiner Familie an den Chiemsee fahren«, freute sich das Küh, »und vorher lernst du noch Teresa und Marie kennen. Das sind die beiden, die es mit unserem Bonifazius aushalten müssen.« Das FlühMühKüh konnte sich seine kleinen Seitenhiebe auf das Schwein einfach nicht verkneifen. »Und dann kannst du ja auswählen, bei wem du vielleicht in Zukunft leben willst. Ich denke, meine Familie …«

»Lass das morgen unser Schaf entscheiden«, unterbrach Paul den Redefluss des Kühs. »Und überhaupt, die Sache mit dem Namen wollten wir auch noch klären. Oder sollen wir dich weiterhin einfach nur Pecore Marrone rufen? Oder vielleicht Nutella-Mäh?«

»Ich denke, es hat sich seinen Namen quasi schon selbst gegeben«, meldete sich Bonifazius zu Wort, der bisher für seine Verhältnisse erstaunlich still gewesen war. »Mein lieber Scholly, na klar, genau das sagte es damals auch zuerst! Warum also nennen wir es denn nicht einfach Scholly?«

Die anderen einschließlich des bisher namenlosen Schafes sahen das Schwein überrascht an. Dann brummte die Plüschfigur mit der grünen Pelzkappe: »Dann kann ich ja gar nicht mehr meinen Lieblingsspruch ›Mein lieber Scholly‹ sagen. Wenn ich schon so heiße, klingt das irgendwie komisch. Hm, aber trotzdem irgendwie, ja, wie denn? Vielleicht schafstark?«

Das FlühMühKüh begann, in seinem kleinen Wörterbuch zu blättern. »Wie wäre es mit ›*Mi piace molto*‹?«, meinte es schließlich, wobei sicherlich noch ein wenig an der richtigen Aussprache gearbeitet werden musste.

Das Pecore Marrone, welches nun Scholly heißen sollte, verstand aber trotzdem alles und nickte zustimmend. »Genau, ›das gefällt mir sehr gut‹, wie es auf Deutsch heißt. *Benissimo!* Übrigens, eine Frage hätte ich da noch: Könnte ich eventuell zur Feier des Tages die eine Portion …?« Natürlich durfte es das verbliebene Näpfchen Nutella auch noch verputzen. »Und nun«, verkündete Paul Bachweber vergnügt, nachdem der letzte Rest der braunen Nougatcreme den Weg in die Schnauze des Schafes gefunden hatte, »wollen wir unserem Scholly ein bisschen was von der Welt da draußen zeigen. Auf zur Stadtbesichtigung! Wir nehmen das Auto, da könnt ihr alle etwas sehen und ich muss nicht wieder mit einer Jacke voller Plüschtiere durch die Gegend laufen.«

»Dann sind wir jetzt also zu dritt, nicht wahr?«, meinte das Küh bedeutungsvoll zu seinen beiden Kameraden. »Was werden Martin, Cäcilia und Anne sagen, wenn …« Das FlühMühKüh beendete seinen Satz nicht mehr, denn in diesem Moment klopfte es lautstark an die Zimmertür. Paul Bachweber gab den drei Plüschfiguren mit einem »Pscht« und sehr eindeutigen Zeichen zu verstehen, dass sie sich möglichst ruhig verhalten oder am besten gleich in Deckung gehen sollten, was diese auch sofort hinter einem Sofakissen taten. Er nahm an, dass vielleicht die Pensionswirtin wegen eventuell vorhandener Wünsche noch einmal nachfragen wollte, aber vor ihm stand ein ihm unbekannter Mann, sommerlich bekleidet mit leichtem Hemd sowie kurzer Hose. Und er hatte eine Glatze.

Achtes Kapitel

Schafsjagd

Alfons Gasser war fassungslos. Er stand in seinem privaten Versuchslabor, welches er sich im Keller der elterlichen Villa nach dem Tod seines Vaters eingerichtet hatte, und verstand angesichts des niederschmetternden Resultates der soeben beendeten Versuchsreihe die Welt nicht mehr. Jahrelang war er der Formel für diesen einzigartigen Stoff auf der Spur gewesen, den er damals an diesem komischen Plüschtier mit der grünen Pelzkappe testen wollte. Nachdem das ganze Gebäude samt der Einrichtung in die Luft geflogen war, suchte er, sobald die Ruine von der Polizei und der Feuerwehr wieder freigegeben wurde, nach dem mit seinem Mittel behandelten Pecore Marrone, wie die Figur offenbar geheißen hatte. Das Einzige, was er jedoch fand, waren ein paar wertlose Trümmer seines Laptops, mit denen sich nichts mehr anfangen ließ. Gewiss, er hatte mehr als großes Glück gehabt, denn die Ermittler gingen davon aus, dass eine undichte Gasleitung und nicht sein sträflicher Leichtsinn Ursache der Explosion war. Man dankte ihm sogar für die Arbeit an der Serie nun endlich waschbarer Plüschschweine, denn seltsamerweise hatten diese Versuchsexemplare die Katastrophe irgendwie überstanden. Das Laboratorium wurde noch im gleichen Jahr innerhalb kurzer Zeit an derselben Stelle neu errichtet, Alfons Gasser ging wieder seiner gewohnten Arbeit nach, aber er gab nie die Forschung an *seinem* Projekt auf. Dann vor einigen Wochen der Zufall des Jahrhunderts, als er von der Auktion im Spielzeugmuseum erfuhr. Das braune Schaf wurde angeboten, welches auf seltsamen Wegen in die Ausstellung gelangt sein musste und das er nun nur noch zu ersteigern brauchte. Er hatte natürlich nicht damit gerechnet, dass dieser ältere Mann, wahrscheinlich ein Deutscher, den Preis derartig in die Höhe treiben würde. Sagenhafte 230 Euro für ein Plüschtier! Aber es sollte ja laut zuverlässigen Informationen nur dieses eine, also *sein* Schaf gegeben haben, damit war es ihm letztendlich egal, was dieses kostete. Alfons hätte auch 1000 Euro gezahlt, denn nun konnte er mithilfe des plüschigen Testobjekts, das ja immer noch seinen damals entwickelten Stoff beinhaltete, die Formel dafür bestimmen und das daraus gewonnene Mittel den einschlägigen Spielzeugherstellern anbieten. Und vielleicht nicht nur denen. Er würde das ganz große Geld machen, dessen war er sich zu Beginn des alles entscheidenden Experiments vor einer halben Stunde noch ziemlich sicher gewesen.

Und jetzt dieses Ergebnis! Das Schaf hatte schon die ersten Belastungen nicht überlebt und sich in ein unförmiges schwarzbraunes Gebilde verwandelt. Seine ganzen Hoffnungen und der Gegenwert von 230 Euro lagen vernichtet vor ihm auf dem Tisch, stinkend und vor sich hin qualmend. Was war denn nur schiefgelaufen, fragte sich Alfons Gasser. Hatte sich die Wirksamkeit seiner Entwicklung mit der Zeit verflüchtigt? Niemals, er glaubte an seine Erfindung. War beim Versuch etwas misslungen, vielleicht eine falsche Temperatur? Ein Defekt an irgendeinem Gerät? Auch das schloss Alfons mit fast schon hundertprozentiger Sicherheit aus.

Sollte womöglich …? Er wagte den Gedanken nicht fortzusetzen, zu abwegig erschien er ihm anfangs. Nein, das konnte nicht sein. Oder gab es tatsächlich am Ende nicht nur das eine Schaf, sondern …?

Er griff zum Telefon und wählte hastig eine Nummer.

»Ja, Paula, ich bin's, Alfons. Du hast mir doch damals vor vier Jahren aus eurer Entwicklungsabteilung dieses Pecore Marrone … Ja, genau, ich meine diesen einzigartigen Prototyp.« Er lauschte eine Weile in den Hörer. »WAS?«, rief er dann aufgeregt. »Nicht einzigartig? Es gab vielleicht noch ein Exemplar? Bist du ganz sicher? Und das ist wahrscheinlich auch im Spielzeugmuseum …? Ja? Danke, du hast mir sehr geholfen.« Alfons beendete hastig das Gespräch. Er dachte einen Moment nach und hämmerte dann plötzlich erneut eine Ziffernserie in die Tastatur des Telefons.

»Hallo, hier ist Alfons Gasser. Ja, Franz, pass mal auf«, meinte er dann, als sich am anderen Ende der Leitung jemand meldete. »Ich brauche mal deine Hilfe. Immerhin bist du mein Cousin und mir außerdem noch mindestens einen Gefallen schuldig. Du fährst jetzt sofort zum Spielzeugmuseum und erkundigst dich möglichst unauffällig nach …« Dann folgte eine längere Erläuterung.

Dem Leiter des Spielzeugmuseums war dieser Glatzkopf da in seinem Freizeitlook eigentlich sehr unangenehm. Er stand auf einmal in seinem Büro und stellte komische Fragen nach irgendwelchen Plüschtieren, die bei der soeben beendeten Auktion versteigert worden waren. Hatte sich als Sammler ausgegeben, dem vorschwebte, mit anderen Gleichgesinnten Kontakt aufzunehmen betreffs der Gründung eines Vereins. Er besaß wohl selbst ein seltenes Plüschschaf und wollte nun von ihm wissen, ob das wohl dem entspräche, welches heute verkauft wurde. Und ob es das einzige seiner Art gewesen sei. Den Namen des neuen Besitzers könne man ihm auch anvertrauen, selbstverständlich nur zum Zwecke des Gedankenaustausches und des Vergleichens der beiden Figuren miteinander.

Der Direktor wollte seine Ruhe haben und den Aufdringlichen da schnellstmöglich loswerden. Er hatte schließlich noch Besseres zu tun. Die Gewinner der Eintrittskartenverlosung, welche man gerade ermittelt hatte, mussten übrigens auch noch benachrichtigt werden. Und Plüschtiere konnte er sowieso nicht ausstehen. Also sagte er schnell, obwohl er es eigentlich besser wusste: »Ja, es gab wohl mehrere Schafe von dieser Sorte.« Er überflog oberflächlich seine Unterlagen und meinte: »Alfons Gasser hat eins …«

»Da war ich schon«, meldete sich sein Besucher rasch zu Wort. »Und der andere Käufer?«

»Ein Deutscher namens Paul Bachweber. Wohnt in der Pension ›Dolomiti‹ hier um die Ecke. Der dürfte dann die restlichen … Aber, halt, Moment mal …« Der Glatzkopf hatte bereits nach der Nennung des Pensionsnamens ohne Gruß das Büro verlassen.

Das nachfolgende Telefonat Alfons' mit seinem Cousin über die Ergebnisse der Ermittlungen im Museum entwickelte sich sehr lautstark. »Also gab es doch noch eins, ich ahnte es. Du gehst jetzt auf der Stelle in die Pension zu diesem Bachweber, ist das klar, Franz?« Alfons Gasser schrie vor Erregung regelrecht ins Telefon. »Wie bitte? Das ist doch gleich dort in der Nähe! Und gib ihm Geld, meinetwegen dieselbe Summe, die ich bezahlt habe. Du bekommst es von mir zurück. Aber bring mir dieses verdammte Schaf!« Er lauschte kurz der Erwiderung seines Verwandten und brüllte plötzlich: »Dann lass dir etwas einfallen, Himmelherrgott noch mal!« Alfons drückte die rote Taste des Telefons und knallte es auf den Labortisch. Franz stellte sich manchmal wirklich zu dämlich an. Sollte er etwa zu diesem Bachweber spazieren und ihm das Schaf abschwatzen? Das wäre unklug, jetzt schon in den Vordergrund zu treten. Würde es Franz vermasseln, musste er ohnehin die Sache selbst in die Hand nehmen und sich einen anderen Plan einfallen lassen. Der Kerl hatte schließlich wie ein Besessener mitgeboten, vielleicht war er ein Sammler, der sich auch für viel Geld nicht von seiner Neuerwerbung trennen wollte. Dieses Riesenkamel von einem Cousin vergaß den Direktor natürlich auch zu fragen, was der Deutsche überhaupt bezahlt hatte. Etwa auch so viel wie er oder gar noch mehr? Wusste dieser Paul am Ende Bescheid über die außergewöhnlichen Eigenschaften des Pecora? Aber von wem und woher? Zweifel am Gelingen des Unternehmens nagten an Alfons Gasser. Hoffentlich würde Franz in der Pension nicht buchstäblich mit der Tür ins Haus fallen, dachte er bei sich. Er konnte unmöglich wissen, dass Paul Bachweber diese gerade für den komischen Glatzkopf öffnete und ihn hereinließ.

»Sie wollen das Schaf zurückkaufen, welches ich eben ersteigert habe?« Der kräftige Münchner mit dem Schnurrbart war nach dem gestottert vorgebrachten Anliegen seines Besuchers mehr als erstaunt. Er hatte bis eben vermutet, bei dem komischen Typen da handelte es sich um einen Touristen oder um einen Bewohner der Pension. »Und Sie kommen wirklich vom Museum?« Das Ganze klang so merkwürdig, dass bei Paul Bachweber ein Kirchturm voller Alarmglocken läutete. Irgendwas war hier mehr als faul.

»Was glauben Sie denn, woher ich sonst Ihren Namen und die Adresse wüsste?«, stammelte Franz, der das Ganze hier für eine restlos dämliche Idee hielt und ahnte, dass der ältere Mann ihm kein Wort glaubte. »Leider haben wir«, fuhr er schwitzend fort, »irrtümlicherweise unser letztes Exemplar angeboten, welches aber eigentlich für den Museumsfundus bestimmt war. Ein peinliches Versehen des Personals. Ich bin befugt, Ihnen für das Plüschtier und Ihre Aufwendungen, nun, sagen wir, 230 Euro zu zahlen.« Damit zog Franz eine Brieftasche hervor und blätterte einige Geldscheine auf den Tisch. Dann sah er sein Gegenüber fragend an. »Das ist doch ein faires Angebot, nicht wahr?«

Paul war verblüfft. Komisch, wenn dieser Glatzkopf da wirklich vom Museum gekommen wäre, hätte der doch wissen müssen, dass er für beide Schafe nur zwei Euro bezahlt hatte. Dem Kerl schien es ja sogar unbekannt zu sein, dass überhaupt zwei Exemplare angeboten worden waren. Da stimmt doch etwas nicht, dachte sich Paul Bachweber und sagte laut: »Wenn Sie mir 300 Euro geben, kommen wir vielleicht ins Geschäft. Immerhin bin ich nur wegen dieser Figur nach Bozen gekommen, und die Übernachtung in der Pension sowie meine Fahrtkosten …«

»Ja, ja, ist schon gut, mein Herr«, beeilte sich Franz zu sagen, bevor es sich dieser Deutsche womöglich noch anders überlegen würde. Er übergab das Geld und erhielt dafür das stumme, leblose Zweitschaf überreicht. »Danke, vielen Dank, mein Herr, für Ihre Bereitwilligkeit und Ihr Einsehen, auch im Namen der Museumsleitung. Es war schön, mit Ihnen Geschäfte zu machen.« Der Glatzkopf machte auf der Hacke kehrt und verließ das Zimmer.

»Was sollte denn das eben sein?«, wunderte sich Bonifazius, der mit den beiden anderen gerade aus seiner Deckung wieder aufgetaucht war. »Kanntest du den seltsamen Burschen? Ist der dir vielleicht schon einmal im Museum begegnet?«, fragte er Scholly, aber das Schaf schüttelte nur den Kopf.

»*No, no*«, meinte es, »der ist mir *sconosciuto*, äh, unbekannt. Ich wollte sagen, dass ich den noch nie gesehen habe.«

Das Telefon klingelte. »Ja, hier Bachweber«, meldete sich Paul. Dann lauschte er eine Weile in den Hörer. »Natürlich, bis gleich, Herr Direktor, und schönen Dank auch«, sagte er noch und legte auf. »Ihr glaubt nicht, wer das gerade war«, fragte er schmunzelnd die neugierig dreinschauende Plüschfigurentruppe.

»Der Weihnachtsmann? Oder vielleicht der Osterhase?«, meinte das Schwein recht vorlaut.

»Fast richtig. Der Museumsdirektor hat mir soeben mitgeteilt, dass ich bei der Verlosung unter all den Käufern bei der Auktion ein Jahresticket gewonnen habe und es mir sofort bei ihm abholen könnte. Da wir ja morgen schon wieder fahren wollen, wird es auch das Beste sein, wenn ich gleich noch mal im Museum vorbeischaue. Da kann er mir auch erzählen, was diese merkwürdige Sache mit dem Rückkauf des Schafes sollte. Und dann machen wir uns endlich auf zur Bozener Besichtigungstour. Wartet ihr hier inzwischen auf mich oder wollt ihr etwa schon los?« Eine reichlich überflüssige Frage, die aber auch eher scherzhaft gemeint war, denn es schien schwer vorstellbar, dass ein Schwein, eine Kuh und ein Schaf aus Plüsch allein auf eigenen Pfoten durch die Südtiroler Landeshauptstadt trippeln würden.

»Na klar, Paul, wir bleiben natürlich hier. Das geht schon in Ordnung«, stimmten das FlühMühKüh, Bonifazius und Scholly zu. Die drei kletterten auf das Fensterbrett und sahen, wie Paul Bachweber draußen den Weg zum Spielzeugmuseum einschlug.

»300 Euro sind verdammt viel Geld, Franz«, meinte Alfons Gasser, nachdem sein Cousin das Schaf bei ihm abgeliefert und Bericht erstattet hatte. »Und dieser Bachweber hat keinen Verdacht geschöpft?« Es klang fast zu schön, um wahr zu sein.

»Nein, nein«, beeilte sich Franz zu versichern, »der war bloß scharf auf die Kohle. Aber viel höher hätte seine Forderung nicht sein dürfen, denn ich bin jetzt sozusagen blank.«

»Okay, hier, ich habe doch gesagt, dass ich dir alles zurückzahlen werde.« Alfons drückte dem Glatzkopf ein paar Scheine in die Hand, und dieser verabschiedete sich aus dem Kellerlabor in Alfons' Villa. Nun konnte das alles entscheidende Experiment starten.

Keine Viertelstunde später stand der Mann mit dem

strähnigen Haar und dem Spitzbart sprachlos und vor Zorn bebend vor einem weiteren übelriechenden Haufen aus ehemaligem Plüsch, der bis vor wenigen Minuten noch das Zwillingsschaf von Scholly gewesen war. Das konnte doch nicht wahr sein! Woran lag es, dass ihm ein Versuch nach dem anderen schiefging? Veränderten sich die Materialien dieser blöden Kuscheltiere im Laufe der Zeit oder war sein Wunderstoff etwa eine Fehlentwicklung? Aber vor vier Jahren hatte alles perfekt geklappt, und ihm fehlte damals doch nur noch der letzte Beweis für diese einzigartige Haltbarkeit.

Voller Wut fegte er mit einer heftigen Handbewegung alles vor ihm auf dem Arbeitstisch stehende Inventar hinunter auf den Boden, wo das meiste davon klirrend und scheppernd zu Bruch ging. Es war ihm egal, da es ja nun sowieso kein Schaf mehr gab, das er …

Hier hielt Alfons abrupt in seinem zerstörerischen Werk inne. Eine Idee war ihm gekommen, eine geradezu abartige Eingebung, die jedoch die einzige Erklärung für dieses fortlaufende Scheitern seiner Experimente darstellte: Was, wenn sich Paula aus der Versuchsabteilung bei der Auskunft über die Stückzahl der hergestellten Exemplare geirrt hatte? Vielleicht waren wesentlich mehr produziert worden? Sein erster Gedanke war, sofort zur Spielzeugfabrik zu fahren und sich dort selbst zu erkundigen. Dann verwarf er jedoch dieses Vorhaben sehr schnell. Dort arbeitete um diese Zeit bestimmt keiner mehr. Außerdem würde er viel zu viel Aufsehen erregen, und dies konnte er derzeit nun beim besten Willen überhaupt nicht gebrauchen. Seinen trotteligen Cousin nochmals losschicken? Das brachte wahrscheinlich noch viel weniger. Was aber dann? Dem ehrgeizigen Laboranten schoss plötzlich ein Blitz durchs Gehirn: das Museum! Natürlich, das war's. Dort saßen Experten, die bestimmt bei solchen Fachfragen Bescheid wussten. Es hatte auf alle Fälle noch geöffnet, und er war ja immerhin der Käufer eines dieser Schafe gewesen, von denen es offenbar mehr gab, als ein Straßenhund an Flöhen vorweisen konnte. Man musste ihm Auskunft erteilen, wenn er jetzt sofort dort aufkreuzen würde. Alfons Gasser rannte zu seinem betagten Fiat 500 und raste los.

»Ich habe Ihnen doch schon gesagt, dass wir weder Ihr Schaf zurückkaufen wollten noch jemand von uns deshalb zu Ihnen geschickt wurde.« Der Direktor des Spielzeugmuseums konnte allmählich das Wort »Plüschschaf« nicht mehr hören. Erst dieser komische Glatzkopf mit seinem Gefasel und nun auch noch dieser Herr hier aus München, der ihn mit dem gleichen Anliegen nervte. »Ich versichere Ihnen nochmals, dass unsererseits diesbezüglich keinerlei Interesse bestand oder besteht. Ich gratuliere Ihnen zum Gewinn Ihrer Eintrittskarten, und wenn Sie mich nun entschuldigen würden?« Er begleitete seinen Gast mit einem letzten Rest Höflichkeit zur Tür und schüttelte, als Paul Bachweber endlich gegangen war, heftig den Kopf. Das Thema war hoffentlich damit für immer erledigt, dachte er.

Der Direktor lag mit seiner Annahme ganz schwer daneben. Keine fünf Minuten später stand Alfons Gasser im Büro. Eigentlich war es nur purer Zufall gewesen, dass er Paul Bachweber nicht über den Weg gelaufen war, weil dieser gerade die Toilette des Museums aufsuchte.

So also war der Laborant nahezu ungebremst ins Zimmer hereingepoltert.

»Sie müssen mir unbedingt mit einer Auskunft weiterhelfen«, schnaufte er, vom zügigen Treppenlauf noch etwas außer Atem.

Der Direktor, ein schwer beschäftigter Mann, freute sich auf sein überaus wohlverdientes Wochenende und wollte gerade Feierabend machen. Deshalb zeigte er sich sehr ungehalten angesichts dieses ungebetenen Besuchers und dessen Art, einfach in sein Büro einzudringen. Dann erkannte er in Alfons einen der Plüschschafskäufer vom Nachmittag und ahnte in etwa schon, was nun kommen würde.

»Ich habe bei Ihrer Auktion heute ein Schaf der Serie ›Pecore Marrone‹ ersteigert und wollte nun …«, begann Alfons seinen Satz, aber sein Gegenüber unterbrach ihn unwirsch.

»Es gab keine Serie mit dieser Bezeichnung«, knurrte der Direktor. »Soweit ich weiß, wurden lediglich drei Ansichtsmuster von Hand hergestellt. Weshalb eigentlich diese Fragerei? Wieso interessieren sich denn auf einmal alle Leute für diese Schafe?«

»Und sämtliche drei Exemplare sind bei Ihnen hier im Museum gelandet und wurden heute versteigert?« Alfons Gasser ließ sich nicht abwimmeln und blieb hartnäckig.

»Ja, zum Kuckuck noch mal! Die hat damals mein Vorgänger von der Firma übernommen, da er sie zu schade zum Wegwerfen fand. Sie haben eins bekommen, und der Herr, mit dem Sie sich dieses Bieterduell geliefert haben, die übrigen zwei. Und nun lassen Sie mich gefälligst mit Ihrem Plüschkram in Ruhe! Auf Wiedersehen!« Er sah seinen Gast fragend an, weil der keinerlei Anstalten unternahm, sein Zimmer nach dieser Aufforderung zu verlassen und ihn völlig geistesabwesend anstarrte. Darum wiederholte der Direktor sein »Auf Wiedersehen!« noch einmal sehr laut.

»Wie bitte? Ach ja, danke für diese Information …« Alfons stolperte nach draußen und versuchte, seine Gedanken zu sortieren. Das Schaf, welches er heute ersteigerte, war nicht das Exemplar seiner Versuche vor vier Jahren gewesen. Das, was sein Cousin diesem Bachweber abgekauft hatte, auch nicht. Dann musste der Deutsche entweder nur durch Zufall oder aber ganz bewusst das richtige der beiden Pecora behalten haben. Und wieder fragte sich der Laborant: War dieser unscheinbare ältere Mann wirklich ein harmloser Spielzeugsammler oder hatte er in voller Absicht dieses Schaf bekommen wollen, weil er über dessen außergewöhnliche Eigenschaften Bescheid wusste?

Das alles schoss dem ehrgeizigen Mann durch den Kopf, als er die Treppe hinunterstürmte, unten auf der Straße die Wagentür seines alten, aber gepflegten Fiat aufriss und sich auf den Sitz fallen ließ. Der Anlasser orgelte müde vor sich hin, schließlich entschloss sich der Motor aber doch noch, seinen Dienst aufzunehmen, und sprang an. Er würde jetzt hinüber zur Pension fahren und diesem Münchner das letzte Schaf irgendwie abnehmen. Alfons musste nur ganz schnell irgendetwas einfallen, wie er das anstellen sollte. In diesem Moment patschte der Motor seines Autos zwei- oder dreimal vor sich hin, es ruckelte kurz, dann war Stille unter der Haube. Der hellblaue Fiat kam vor der Pension »Dolomiti« zum Stehen.

»So, nun geht's aber los«, verkündete Paul Bachweber vergnügt, als er wieder in seinem Zimmer angekommen war und die drei erwartungsvollen Plüschnasen sah, die schon sehnsüchtig auf ihn warteten. »Das wurde aber auch langsam Zeit«, maulte Bonifazius. »Was hat denn da so lange gedauert?«

»Es ist so, wie ich es mir dachte«, meinte Paul nachdenklich. »Der Glatzkopf vorhin war kein Mitarbeiter des Museums. Das hat mir der Direktor mehrfach bestätigt.«

»Also doch nur ein verrückter Sammler, der zu spät zur Versteigerung kam?«, ließ sich das FlühMühKüh vernehmen. »Oder etwa ein Gauner? Vielleicht hat er am Ende sogar mit Falschgeld bezahlt?«

»Du siehst zu viele Krimis«, spottete das Schwein, und auch Paul konnte Entwarnung geben: »Nein, die Scheine sind echt. Die habe ich vorhin überprüfen lassen.« Er grübelte kurz. »Hm, Küh, wahrscheinlich wird deine Vermutung mit dem Sammler stimmen.« Dann meinte er: »Ach, was soll's. Er wollte das Schaf unbedingt kaufen, jetzt hat er es und wir können uns für die 300 Euro eine sehr nette Zeit machen. Auf geht's!«

Bonifazius und das FlühMühKüh setzte Paul wieder in seine Jackentaschen, während er das Scholly auf der Hand nach draußen zum Wagen trug. Hinter seinem Mercedes stand inzwischen ein hellblauer Fiat mit geöffneter Motorhaube. Unter dieser werkelte schimpfend der Fahrer, von dem aber nur ein Stück des Rumpfes und die Beine zu erkennen waren Dem pensionierten Straßenwachtfahrer und Oldtimerfreund schlug das Herz angesichts des gepflegten kleinen Autos spürbar höher. Er trat näher an den Mann heran, der ihn bei seiner Schrauberei offensichtlich immer noch nicht wahrgenommen hatte, und fragte: »Kann ich Ihnen vielleicht helfen?«

Neuntes Kapitel

Rettung in letzter Sekunde

»Ach, der will nicht mehr richtig …«, sagte Alfons Gasser, richtete sich auf und sah verblüfft auf Paul Bachweber. Alles hatte er erwartet, nur nicht diesen Deutschen, der jetzt – mit dem letzten verbliebenen Schaf auf der Hand! – neben ihm stand und ebenfalls leicht irritiert schaute.

»Was denn, Sie sind das? Na, so ein Zufall.« Paul erkannte den Mann mit dem auffälligen Spitzbart natürlich ebenfalls sofort wieder, welcher mit seinem Auto offensichtlich Probleme hatte. Der ehemalige Pannenhelfer im Ruhestand war jedoch nicht argwöhnisch, sondern schrieb das Ganze einer Laune des Schicksals zu, dass ausgerechnet sein Konkurrent von der Auktion hier vor seiner Pension von einer Autopanne überrascht wurde. Also nahm Paul seine Jacke mit dem Schwein und dem FlühMühKüh sowie das Scholly, setzte die Plüschtiere mit einem leisen »Bin gleich zurück« auf die Rücksitzbank seines Mercedes und ging danach erneut zu Alfons und seinem Fiat.

Dessen Gedanken hatten sich in den zurückliegenden Sekunden buchstäblich überschlagen. Er konnte es kaum fassen. Diese einmalige Chance, an **sein** Pecore Marrone zu kommen, musste er unbedingt nutzen. So leicht würde es dem ehrgeizigen Laboranten sicher nicht noch einmal gemacht werden. Er durfte sich jetzt bloß keinen Fehler mehr leisten und nichts überstürzen. Und er hatte schon einen ungefähren Plan, wie er Paul Bachweber das Schaf abnehmen könnte.

»Versuchen Sie mal zu starten«, sagte dieser gerade zu Alfons und beugte sich in den Motorraum. Die Batterie war jedoch von den zahlreichen vergeblichen Versuchen schon zu sehr erschöpft und vermochte den Anlasser nicht mehr zur Aufnahme seiner Arbeit zu überreden. Auch der Einsatz von Pauls Starthilfekabeln änderte nichts an der Misere. Hier war auch der erfahrene Straßenwachtfahrer machtlos, zumal die Kontrolle der üblichen Verdächtigen wie Zündkerzen, Kabel, Verteiler und so weiter ebenfalls keinen Erfolg brachte.

»Haben Sie vielleicht ein Abschleppseil dabei und könnten Sie mich freundlicherweise, wenn es denn Ihre Zeit erlaubt, nach Hause schleppen?« Alfons sah seinen Helfer treuherzig an. »Wissen Sie, ich müsste sonst das schöne Stück hier stehen lassen, und wer weiß, ob nicht irgendwelche Diebe …«

Damit hatte er den Nerv des Oldtimerfreundes Paul natürlich voll getroffen.

»Das würde ich mit meinem VW Käfer selbstverständlich auch nicht machen«, meinte er. »Warten Sie, ich hole das Seil aus dem Kofferraum. Dann erklären Sie mir, wo Sie wohnen, ich hänge Sie an und wir schaffen den Kleinen hier in seine Garage.«

Alfons Gasser musste sich zur Ruhe zwingen. Niemals hatte er geglaubt, dass es so leicht sein würde, an den Besitzer des Schafes und somit auch an das für ihn so wertvolle Plüschtier heranzukommen. Er lächelte harmlos und sagte: »Das ist wirklich zu freundlich von Ihnen, Herr …«

Paul stellte sich vor, und auch Alfons nannte einen Namen, allerdings nicht seinen richtigen. Den musste dieser hilfsbereite Trottel ja nicht unbedingt wissen, dachte er.

»Der Typ gefällt mir nicht«, grübelte das Küh, nachdem der Fiat hinten angehängt worden war und Paul Bachweber den Mercedes vorsichtig in den Verkehr einordnete. »Er hatte schon bei der Versteigerung so einen merkwürdigen Blick. Weißt du noch, wie er uns beim Verlassen des Saales anstarrte?«

»Kann es sein, dass du mal wieder die Flöhe husten hörst?«, grunzte das Schwein. Diesmal sprang Paul ausnahmsweise einmal Bonifazius bei: »Wir schaffen sein schickes kleines Auto doch nur zu ihm in die Garage. Wenn man helfen kann, sollte man das auch tun. Ihr wart doch sicherlich auch ganz froh, als ich gestern bei eurem Hubschrauber aufgekreuzt bin, oder?«

»Schon, aber trotzdem …« Das FlühMühKüh schüttelte den Kopf. Irgendetwas war hier merkwürdig. Aber es vermochte beim besten Willen nicht zu sagen, was. Sollte sich wirklich alles als harmloser Zufall herausstellen? Es könnte schon sein, versuchte sich unser Küh zu beruhigen. Was blieb, war dieses komische Gefühl in seinem Bäuchlein, welches einfach nicht verschwinden wollte.

Die Villa des Laboranten war schließlich nach zehnminütiger Fahrt erreicht. Der Fiat wurde mit vereinten Kräften in seine Behausung geschoben, dann bedankte sich Alfons nochmals und brachte hier erstmals das Gespräch auf die Auktion. »Wie ich vorhin sah, haben Sie also ebenfalls ein solches Pecora ersteigert. Oder besitzen Sie das etwa schon länger?«, meinte er wie nebenbei.

Dann wechselte er rasch das Thema: »Sagen Sie, Herr Bachweber, kann ich Sie als Dankeschön auf einen Kaffee oder einen Espresso hereinbitten? Ich weiß ja sonst gar nicht, wie ich mich für Ihre Mühen revanchieren könnte.«

»Das ist wirklich nicht notwendig, aber, nun ja, einen Espresso … Ach was soll's, Sie haben mich überredet.« Paul Bachweber nahm die Einladung dankend an.

»Und würde es Ihnen etwas ausmachen, Ihr Schaf mit hereinzubringen? Wissen Sie, ich möchte nur einmal, als Sammler sozusagen, die beiden Exemplare miteinander vergleichen. Sie haben ja gesehen, dass mir dieses Spielzeug viel Geld wert ist. Vielleicht gibt es ja doch zwischen Ihrem und meinem irgendwelche speziellen Unterschiede.« Dass das von ihm gekaufte Exemplar nur noch ein verschmorter Klumpen war, brauchte der Deutsche ja nicht zu wissen. Er würde es vielleicht auch niemals erfahren, dachte sich Alfons Gasser. Kurzzeitig zuckte wieder dieses hämische Grinsen über sein Gesicht.

Paul zog leicht verdutzt die Augenbrauen nach oben, aber er konnte an dem Wunsch des sammelwütigen Herrn eigentlich auch nichts Verdächtiges feststellen. So ging er also nochmals an seinen Wagen, setzte das Scholly mit den Worten »Du bist ein sehr gefragter Typ!« in seine Jackentasche und sagte zu den beiden im Auto verbliebenen Plüschfreunden: »Er hat mich nur auf einen Dankeschön-Kaffee eingeladen. Ich lasse den Zündschlüssel stecken, damit ihr Radio hören könnt, wenn ihr wollt. Es wird aber nicht lange dauern, denke ich.« Damit schloss er die Autotür und ging. »Und was hast du mit dem Scholly vor?«, rief das Küh noch hinterher, aber da war Paul schon in der Villa verschwunden.

»Da stimmt doch was nicht, Bonifazius«, meinte die kleine Plüschkuh nachdenklich. »Warum geht ausgerechnet vor unserer Pension das Auto dieses Kerls kaputt? Weshalb müssen wir ihn unbedingt zu sich nach Hause schleppen? So wertvoll und selten ist doch dieser Autotyp gar nicht, dass man ihn nicht mal eine Nacht irgendwo draußen stehen lassen könnte. Hast du schon gesehen? Hier fahren jede Menge von den Dingern herum! Und warum musste das Schaf …«

»Weißt du was, Küh?«, knurrte Bonifazius dazwischen. »Du siehst Gespenster. Paul trinkt seinen Kaffee, zeigt diesem Plüschtierfanatiker da unser Scholly, und in einer Viertelstunde ist er wieder da. Du und deine komischen Vermutungen.« Bonifazius sollte leider nicht recht behalten.

Paul Bachweber hatte seine Jacke, in der das Schaf Scholly sehr bequem saß und die neuen Eindrücke genoss, an die Garderobe im großen Vorraum gehängt und war seinem Gastgeber in ein riesiges Wohnzimmer gefolgt, welches mit seiner hohen Decke und der zweiflügligen dunklen Holztür fast schon die Bezeichnung »Saal« verdiente. Alfons bat ihn, in einem Sessel am Couchtisch Platz zu nehmen, und entfernte sich, um den Kaffee zu bereiten. In der Küche machte er sich an der Espressomaschine zu schaffen, stellte dann auf einem Tablett Geschirr bereit und zog aus einer Schublade eine kleine Glasampulle, deren flüssigen und farblosen Inhalt er in eine der Tassen füllte. Dann ließ er den heißen, dampfenden Kaffee ein und ging mit dem Tablett hinüber zu Paul, der inzwischen in einem der weichen Sitzmöbel versunken war. »Nochmals danke, Herr Bachweber«, sagte Alfons und beobachtete dabei, wie sein Helfer ohne Argwohn aus seiner Tasse trank.

»Und nun erzählen Sie mal«, meinte der Laborant nach ein paar Minuten, »warum Sie so scharf auf dieses Pecore Marrone waren. Was wissen Sie eigentlich über die Erfindung, die ich damals gemacht habe? Und für wen arbeiten Sie überhaupt? Oder sind Sie selbst Erfinder?« Alfons war ganz nahe an Paul Bachweber herangerückt und sah ihm ins Gesicht.

Dem wurde plötzlich heiß und kalt, die Augen tränten, er sah nur noch verschwommene Bilder und die Stimme seines Gastgebers klang in seinen Ohren hohl und verzerrt. Er begriff auch den Sinn der Worte nicht mehr und konnte nur noch wie abwesend mit dem Kopf schütteln. Dann wurde er auf einmal sehr müde.

Alfons Gasser hatte sehr genau die Reaktionen seines Gastes beobachtet. Nachdem Paul anscheinend wie betrunken im Sessel zusammengesunken war, nahm er das Telefon zur Hand und rief ein Taxi. Dann ging er zur Garderobe, griff sich das überraschte Scholly und steckte es in eine lederne Umhängetasche. Ratsch!, war der Reißverschluss über dem Plüschschaf geschlossen, ehe es überhaupt noch zu einem Laut oder einer Reaktion fähig war. »So«, meinte grinsend der Laborant zum Gepäckstück mit dem für ihn so wertvollen Inhalt, »wir werden dann mal eine kleine Spritztour zu meiner Arbeitsstätte unternehmen. Zu dumm, dass ich vorhin im Keller so unbeherrscht war und meine Laborausstattung ruiniert habe, sonst könnte ich mir den Weg sparen. Diesmal bin ich mir aber ziemlich sicher, dass alles klappen wird.«

Eine halbe Stunde war inzwischen vergangen, und noch immer saßen Bonifazius und das Küh im Auto und warteten vergeblich auf die Rückkehr von Paul und ihrem Scholly.

»Vielleicht sind sie nahtlos vom Kaffee zum Wein oder gleich zum Grappa übergegangen«, versuchte das Schwein zu beruhigen. Es kannte sich offenbar mit den landestypischen Spirituosen ganz gut aus. »Oder die Sammlung dieses Kerls ist einfach zu groß. Oder das Scholly …«

Es unterbrach seine Ausführungen und bemerkte genauso wie das Küh ein Taxi, welches direkt vor ihnen zum Stehen kam. In der Eingangstür der Villa erschien der Mann mit dem Spitzbart und winkte den Taxifahrer zu sich heran. »Was hat der vor?«, fragte leise das Küh. Dann glaubte es nicht richtig zu sehen: Torkelnd und schwankend erschien Paul Bachweber, auf Alfons und den Chauffeur gestützt, nicht mehr alleine fähig zu gehen und ohne seine Jacke. Die trug der komische Kerl und Fiat-Besitzer über dem Arm. Sowohl das Küh als auch Bonifazius konnten dabei eins genau erkennen: Die Taschen der Jacke waren mit Sicherheit leer! Wo um Himmels willen war denn das Schaf geblieben? Und was hatte der da mit ihrem Paul gemacht? Kurz bevor das Taxi wegfuhr, rief der Spitzbart dem Fahrer noch zu: »Mein Onkel hat eben mal wieder einen über den Durst getrunken. Das passiert ihm öfters. Fahren Sie schön vorsichtig und vor allen Dingen nicht zu schnell. Und dann liefern Sie ihn in dieser Pension ab. Dort wird man sich schon um ihn kümmern.« Gleich darauf rollte der Wagen langsam davon.

Die beiden Plüschfiguren im Mercedes hatten aus der Deckung heraus den ganzen Vorgang bisher sprachlos und mit vor Erstaunen offenen Schnauzen verfolgt. Nun aber ließ das FlühMühKüh ein wütendes Schnaufen hören, das dem eines ausgewachsenen Stieres durchaus würdig gewesen wäre. Es stiefelte entschlossen zu seinem Köfferchen und holte sein Schießzeug sowie die Zündplättchen hervor.

»Was hast du denn vor?«, fragte das Schwein seinen Freund.

»Ich gehe jetzt da rein und, und …« Das kleine Plüschtier bebte vor Zorn.

»Machst du jetzt einen auf Kampfkuh, ja? Und wedelst diesem Gauner da mit einer Spielzeugpistole vor der Nase herum? Na, da wird er sich aber vor Angst ins Hemd machen.« Bonifazius griff sich an den Kopf. »Da brauchen wir ganz andere Sachen. Pass mal auf, wie das ein Genie und Wissenschaftler macht.«

Er schnappte sich die Pistole, dann einen der Silvesterknaller, die er bei Paul gefunden und im Koffer des Kühs versteckt hatte. Die Papphülse des Knallers wurde aufgerissen, das darin befindliche dunkle Pulver in den Lauf der Pistole gestopft.

»So«, meinte Bonifazius, »und nun zur Hauptsache des Ganzen.« Er kletterte zur Mittelkonsole, nahm dieses Döschen, dessen Inhalt ihm bei der Fahrt nach Bozen fast zum Verhängnis geworden war, öffnete es und ließ dem Pulver nun eine ordentliche Portion Schnupftabak folgen. Dabei konnte er nur mit Mühe ein Niesen unterdrücken. Zum Abschluss legte er ein Zündplättchen ein. »So, fertig«, verkündete er und überreichte dem Küh das geladene Donnerrohr. Vorsichtig griff es zu.

»Das, das … wird nicht gut gehen.« Es betrachtete seine Pistole wie eine scharfe Bombe. »Wer soll denn das Ding mit dieser Ladung abfeuern? Du oder ich etwa? Die Funken und die Hitze werden uns bestimmt …«

»Guck mal«, grunzte plötzlich Bonifazius, »dieser Halunke fährt mit einem Motorroller weg! Und er hat eine Tasche dabei. Da, das ist doch …« Der Reißverschluss der Tasche war ein wenig geöffnet worden, und aus dieser Öffnung winkte eindeutig – eine braune Schafspfote!

»Wir müssen hinterher!«, rief das Küh. »Er hat es auf das Scholly abgesehen. Das alles war eben doch kein Zufall! Ich hab's gewusst.« Aber wie sollten die beiden Alfons verfolgen? Etwa mit dem Mercedes von Paul Bachweber? Bonifazius sah das Küh an, und beide hatten fast gleichzeitig denselben Gedanken.

»Los, wir brauchen den Hubschrauber aus dem Kofferraum!« Das FlühMühKüh drückte schon die Fernentriegelung der Kofferklappe und rannte jetzt so schnell es konnte zum Heck des Autos. »Bloß gut, dass Paul einen Reservekanister dabeihat«, schnaufte das Schwein und begann bereits mit der Befüllung des Hubschraubertanks. »Aus dem Kofferraum können wir aber nicht starten«, bemerkte es, als der letzte Tropfen Benzin in den *SCHWEINEHELI* geflossen war.

»Wie sollen wir bloß das Ding hier herausbekommen?«, grübelte das Küh, dem die Schufterei in Patzelts Garage noch gut im Gedächtnis hängen geblieben war.

Das schwere Fluggerät über die Kante des Kofferraumes zu wuchten schied jedenfalls aus. Dann sah es das Abschleppseil.

»Ich hab's!«, rief das Küh. »Los, Bonifazius, knote das eine Ende des Seils an die Kufen des Hubschraubers und das andere an den Laternenmast da hinter unserem Auto!«

»Und nun?«, fragte das Schwein, nachdem es seine Aufgabe erledigt hatte.

»Pass mal auf«, sagte das FlühMühKüh, krabbelte auf den Fahrersitz, dann zum Zündschlüssel und startete den Motor. Anschließend warf es sich mit ganzer Kraft gegen den Wählhebel des Automatikgetriebes, der in der Stellung 1 einrastete. Der Motor brummte lauter. »Zurücktreten!«, kommandierte das Küh und hopste mit großem Anlauf auf das Gaspedal. Der Wagen machte einen Satz nach vorn, das an der Laterne befestigte Abschleppseil straffte sich und riss daraufhin den Hubschrauber aus dem Kofferraum. Recht unsanft, aber ohne dabei Schaden zu nehmen, krachte der *SCHWEINEHELI* auf den Asphalt.

»Jetzt aber los, Bonifazius!« Das Küh hatte das Seil von den Kufen gelöst, sich bereits die Anwerfkurbel geschnappt und drehte wie ein Besessener. Mit lautem Puffen erwachte das Triebwerk zum Leben. Das Schwein packte das Fernglas und ganz unauffällig *KLARA* sowie das geladene Schießzeug nach hinten in die Kabine. »Hoffentlich finden wir den Kerl überhaupt noch«, knurrte es und ließ, nachdem das Küh auf seinen Sitz geplumpst war, den Hubschrauber in den Abendhimmel von Bozen aufsteigen.

Die beiden Plüschfiguren hatten Glück. Oder besser gesagt, Alfons hatte Pech. Sein Motorroller, natürlich eine für das Land typische Vespa, gab nämlich schon nach wenigen Hundert Metern den Geist auf. Schuld daran war ein ganz simpler Umstand: Alfons war das Benzin ausgegangen. Er fuhr damit nur sehr unregelmäßig und hatte nach der letzten Fahrt einfach vergessen zu tanken. Ein Schild am Straßenrand wies auf eine Tankstelle in einiger Entfernung hin, die der Laborant nun schiebend und fluchend zurücklegen durfte. Die vorsichtigen Bewegungen in seiner umgehängten Tasche nahm er bei der Anstrengung nicht wahr. Auch nicht das kleine Fluggerät, das in einiger Höhe über seinem Kopf auftauchte und dessen Knattern vom Straßenlärm verschluckt wurde. Als Alfons dann endlich den Tank seiner Vespa gefüllt hatte und seine Fahrt fortsetzte, folgte ihm der Hubschrauber unserer beiden Plüschfreunde sofort.

»Hoffentlich sieht er nicht aus Versehen mal nach oben«, sorgte sich das FlühMühKüh. »Wo will er eigentlich mit dem Scholly hin? Und was hat er mit ihm vor?« Es spähte durch sein Fernglas zu dem unter ihnen fahrenden Motorroller und auf die Tasche, die sein Fahrer trug. Immer noch schaute die braune Pfote heraus, und der Gauner da schien noch gar nicht bemerkt zu haben, dass sich der Reißverschluss ganz sachte immer weiter öffnete.

Mittlerweile befanden sie sich im Süden von Bozen. »Er biegt in ein Gewerbegebiet ab«, meldete sich das Küh. Bonifazius änderte daraufhin ebenfalls sofort die Flugrichtung.

»Ich glaube, jetzt hält er an. Siehst du, dort an dieser kleinen Fabrikhalle mit den Bäumen davor.« Das

FlühMühKüh hatte erkannt, dass der Schurke da unten seinen Roller abstellte und in dem Gebäude verschwand. Was mochte sich wohl darin befinden?

»Irgendwie kommt mir das hier alles sehr bekannt vor«, murmelte Bonifazius vor sich hin. »Übrigens, welche Art von Landung soll ich hinlegen?«, fragte er dann lauter. Das Küh sah ihn entgeistert an. »Was? Welche Art ...? Welche beherrschst du denn am besten? Eventuell die Münchner Variante von gestern?«

»Bitte, wie du willst«, knurrte das Schwein und drückte auf den Schalter mit der Aufschrift »STOPP«. Sofort erstarb das Motorengeräusch. »Das sollte doch nur ein Scherz sein!«, rief das FlühMühKüh entsetzt und sah, wie Bonifazius nun mit der Pfote auf den großen roten Knopf vor ihm hämmerte. Auch heute entfaltete sich der Fallschirm zuverlässig mit einem spürbaren Ruck über ihnen. Nur war dieses Mal die Flughöhe wesentlich geringer als beim gestrigen Auslösen, nachdem das Benzin zur Neige gegangen war. Somit gelang es dem Rettungsgerät kaum noch, den freien Fall des *SCHWEINEHELIS* wirksam zu dämpfen. Er krachte mit seinen plüschigen Insassen ziemlich derb auf die Grünfläche vor dem Labor. Das Küh starrte Bonifazius fassungslos an und wollte gerade Luft für eine längere Schimpfkanonade holen, winkte dann aber nur mit der Pfote ab, atmete tief durch und meinte erstaunlich ruhig: »Los, wir müssen jetzt das Schaf retten. Über das hier reden wir später.« Damit sprang es aus dem Hubschrauber, gefolgt vom Schwein, welches die Pistole und das *Eierphone* mitschleppte.

»Weißt du, dass das hier wahrscheinlich *mein* Labor

ist, in dem ich und das Scholly damals …«, schnaufte Bonifazius. Das Küh blieb überrascht stehen.

»Ist ja ein Ding«, stieß es hervor. »Aber was will der Kerl hier?« Das Küh überlegte kurz. »Ach was«, beschloss es dann, »los, weiter geht's. Wir werden es spätestens herausbekommen, wenn wir da drin sind.«

Schließlich standen sie vor dem Gebäude. »Was hast du eigentlich mit dem Zeug da vor?«, wollte das FlühMüh-Küh wissen, als es die Ausrüstung des Schweines gesichtet hatte. »Das mit der Pistole verstehe ich ja noch einigermaßen. Aber willst du dem da vielleicht auch noch *KLARA* als Drohung unter den Spitzbart halten?«

»Völlig falsche Frage zur völlig falschen Zeit«, grunzte es zurück. »Denn was wirklich interessant ist, wäre Folgendes: Wie kommen wir da überhaupt jetzt rein?« Bonifazius' Einwand schien angesichts der geschlossenen Türen und Fenster sehr berechtigt.

»Nanu«, meinte er dann, nachdem man sich etwas näher umgesehen hatte, »was ist denn das hier für eine kleine Öffnung? Arbeiten hier etwa Zwerge?«

»Du bist am Ende doch ein Genie«, jubelte das Küh und schlüpfte durch die in der Eingangstür für die Labormieze angebrachte Katzenklappe, während das Schwein wegen dieses unerwarteten Lobes noch einen Augenblick der Fassung benötigte. Dann murmelte es zustimmend: »Ich hab's doch schon immer gesagt!«, und folgte seinem Plüschfreund.

Es stellte sich als nicht besonders schwierig heraus, Alfons und somit auch das Scholly in den recht übersichtlichen und nur durch einige wenige Trennwände unterteilten Räumlichkeiten zu finden. Der Laborant werkelte, Selbstgespräche führend, ziemlich laut mit seinen Gerätschaften herum, während die Tasche mit dem Schaf von ihm unbeobachtet auf dem Arbeitstisch stand. Dem Scholly war es nun inzwischen gelungen, den Reißverschluss von innen so weit zu öffnen, dass es gerade eben nach draußen schlüpfen konnte. Es ließ sich vorsichtig auf die Tischplatte fallen und rutschte dann an einem Heizungsrohr nach unten. Da sah es das Küh und Bonifazius, welche soeben um eine Ecke geschlichen kamen. Auch die beiden erkannten sofort, dass sich das Schaf bereits selbst befreit hatte und wollten nun nach einer kurzen lautlosen Begrüßung zu dritt den sicheren Rückzug antreten.

In diesem Moment entglitt unserem Schwein das *Eierphone* und fiel zu Boden. Dem Krach des Aufschlagens auf den Fliesen folgte ein ohrenbetäubendes Kreischen: »Sie geben SOFORT eine neue Route ein!«

Alfons Gasser fuhr herum und versuchte die Quelle dieser plötzlichen Störung zu erkennen. Seine Augen tasteten sich in Richtung Fußboden, und er brauchte einen Moment, um das zu begreifen, was er dort sah: drei Plüschtiere, offensichtlich *lebendig* und scheinbar starr vor Schreck. Und eins davon war **sein** Pecore Marrone! Mit einem blitzschnellen und unerwarteten Griff wollte er das Schaf erhaschen, erwischte aber, da Küh und Scholly geistesgegenwärtig beiseitesprangen, nur den armen Bonifazius. Langsam führte er die Hand mit dem Schwein ganz nahe an seine Augen und betrachtete immer noch ungläubig die Plüschfigur, die sich vergeblich bemühte, durch heftiges Strampeln freizukommen.

»Ich fasse es nicht«, staunte Alfons Gasser. »Ich schufte

mich jahrelang ab, um diese Dinger ein bisschen widerstandsfähiger oder auch waschbar zu machen, dabei springen sie inzwischen völlig von selbst durchs Labor und machen Unsinn!«

»Lassen Sie ihn sofort frei!«, rief das Scholly, welches seine Stimme wiedergefunden hatte.

»Reden kann es auch noch!«, meinte verblüfft der Laborant. »Das ist ja unglaublich! Übrigens: Warum sollte ich das tun?«

»Weil ich ein Genie und Wissenschaftler bin wie Sie«, meldete sich Bonifazius und versuchte umsonst, dem harten Griff der Hand zu entkommen.

Deren Besitzer packte nur noch fester zu und erwiderte: »Na, umso besser. Dann wird es mir ein Vergnügen sein, dich als Ersten mittels zahlreicher Experimente umfassend zu untersuchen und festzustellen, warum du Plüschschwein überhaupt hier herumhopsen und mit mir diskutieren kannst. Das ist ja geradezu sensationell! Es ergeben sich da bisher ungeahnte Möglichkeiten. Eine ganze Serie lebendiger, gehorsamer und unzerstörbarer Plüschfiguren wird entstehen! Und ich bin damit endlich am Ziel meiner jahrelangen Forschungen angelangt.«

»Sie lassen ihn jetzt auf der Stelle frei, oder ich ...«, zischte das FlühMühKüh sehr wütend.

»Du willst mir drohen?« Alfons Gasser lachte hämisch. »Wie denn? Vielleicht mit deiner kleinen Spielzeugpistole? Haha, nein, wie lustig! Glaubst du etwa, dass ich Angst vor euch habe?« Er hielt den noch immer zappelnden Bonifazius seitwärts von sich weg und ging vor dem Küh und dem Schaf langsam in die Hocke. »Na, und nun?«, meinte er selbstsicher und streckte langsam seine freie Hand nach dem Schaf aus.

Das Scholly hatte sich inzwischen vorsichtig das Schießzeug gegriffen.

»Warum eigentlich nicht?«, brummte es mit einer bewundernswerten Ruhe vor sich hin. »Immerhin haben wir ihn ja gewarnt.« Es zielte auf das Gesicht des ungläubig schauenden Laboranten. »Nein!«, rief das Küh, »nein, das Ding ist …«

»Feuer frei!«, kommandierte sich das Scholly selbst und drückte ab. Ein greller Blitz schoss aus dem Donnerrohr, verbunden mit einem ohrenbetäubenden Knall. Das Schaf verschwand in einem Feuerball, wurde gleichzeitig durch den gigantischen Rückstoß der total überladenen Pistole nach hinten geworfen, vollführte etwa 25 Purzelbäume und landete an einer Wand, wo es regungslos liegenblieb.

Die geballte Schnupftabaksladung krachte ins Gesicht von Alfons Gasser, der sofort das Schwein fallen ließ und sich die Hände vor die Augen schlug. Seiner Sicht beraubt und von einem heftigen Niesanfall geschüttelt, rannte er in die Richtung, wo er ein Waschbecken vermutete, traf aber mit dem Kopf und in voller Wucht einen Türrahmen. Es klang, als hätte jemand mit einem gewaltigen Hammer gegen einen hohlen Baumstamm geschlagen. Alfons Gasser prallte zurück, stand einen Augenblick wie zur Salzsäule erstarrt und sackte dann ohnmächtig zusammen.

Zehntes Kapitel

Schollys Geheimnis

Bonifazius und das FlühMühKüh standen da wie vom Donner gerührt, was ja sinnbildlich auch mehr oder weniger auf den enormen Knall beim Abfeuern des Schießzeuges zutraf. Beide brauchten einen Augenblick, bevor sie ihre Sprache wiederfanden.

»Scholly, um Himmels willen! Was machst du für verrückte Sachen?« Das Küh rannte zum Schaf, das Allerschlimmste ahnend. Bonifazius warf einen raschen Blick auf den bewegungslos daliegenden Alfons Gasser, von dem aber wahrscheinlich in der nächsten Zeit keine Gefahr ausgehen würde, und stürzte ebenfalls zu der Plüschfigur mit der grünen Pelzmütze. Dort angekommen, schauten beide fassungslos auf ihren tapferen Freund, der offenbar nicht die klitzekleinste Spur einer Verbrennung zeigte, sich eben aufrichtete, kurz schüttelte und seinen Lieblingsspruch von sich gab: »Mein lieber Scholly, das war ein Knall!« Wahrscheinlich war dem Schaf nicht bewusst, dass es diesen Satz an gleicher Stelle vor vier Jahren schon einmal gesagt hatte.

»Es ist heil geblieben!«, staunte das Küh. »Guck doch mal, Bonifazius, es ist nicht verkohlt oder verschmort, obwohl es doch mitten in der heißen Flamme stand! Du und ich, wir wären doch bestimmt beim Abfeuern des Donnerrohres verbrannt. Wie geht denn das?«

»Eigentlich ist das gar keine so großartige Sache.« Scholly rückte sich die Pelzkappe zurecht, die ihm bei seinem mehrfachen Rückwärtssalto über die Augen gerutscht war. »Ich dachte, ihr wusstet, dass ich *ignifugo* bin! Das hat mir irgendwann einmal der alte Filippo im Museum erzählt.«

»Was bist du?«, fragten das Küh und Bonifazius fast gleichzeitig.

»Äh, *scusi*, *ignifugo* – feuerfest. Der alte Museumsnachtwächter erfuhr von seinem Sohn, einem Laboranten, dass der an dieser neuen, ganz geheimen Erfindung gearbeitet hat, bevor sein Institut in die Luft geflogen ist. Und ich diente ihm anscheinend als Testobjekt, an dem er ... Moment mal!« Scholly stockte in seinen Überlegungen und sah die beiden anderen mit großen Augen an. »Denkt ihr, was ich denke?«

»Der Kerl da war die ganze Zeit hinter dir und den anderen Schafen her, weil ... Ja, warum eigentlich?« Bonifazius schien durch die vorangegangenen Ereignisse nur eingeschränkt zu logischen Überlegungen fähig. Dem Küh hingegen ging nicht nur ein Licht, sondern gleich ein ganzer Kronleuchter auf.

»Nur das Schaf und der Nachtwächter wussten scheinbar von der besonderen Entwicklung dieses Laboranten«, grübelte es laut vor sich hin. »Scholly hat keinem von diesem Geheimnis erzählen können. Filippo hat es sicherlich auch für sich behalten. Dann kann der Ganove da doch nur der Laborant von der Explosion damals und somit auch der Sohn des Museumsnachtwächters sein!«

»Das ist der Sohn von meinem Filippo? So ein Gauner! Er hat mich also nur entführt, um seine Erfindung von damals zu Ende zu bringen und zu testen, ob ich tatsächlich feuerfest bin! Das jedenfalls ist ja nun ausreichend bewiesen, oder?«

»Und er hat unseren Paul …« Das FlühMühKüh stockte plötzlich in seiner Rede. Dann sah es erschrocken die anderen an. »Du meine Güte, was ist eigentlich mit ihm passiert? Ich meine, vorhin bei der Villa, war er da … betrunken?«

»Niemals!« Bonifazius lehnte diesen Gedanken kategorisch ab. »Der da«, er zeigte mit der Pfote auf den immer noch ohnmächtigen Alfons, »wird ihm irgendein Zeug eingeflößt haben, damit er sich in Ruhe unser Pecora schnappen und hierher fahren kann.« Er grübelte ein bisschen und grunzte dann: »Eigentlich brauchen wir Paul hier ganz dringend, damit dieser Schurke der Polizei übergeben wird, bevor er wieder zu sich kommt und verduftet. Oder fesseln wir ihn selbst und rufen dann die Carabinieri?«

»Und drei Plüschfiguren erzählen denen anschließend, was hier alles passiert ist, ja?« Das Küh schaute Bonifazius ungläubig an. Dann meinte es: »Hm, zur Not könnten wir mit dem Hubschrauber wegfliegen. Dann würde jedoch der Fiesling da ungestraft davonkommen. Vielleicht ist es aber das Beste, du versuchst Paul mit dem *Eierphone* zu erreichen. Falls das Ding überhaupt noch funktioniert. Wenn es klappt, wissen wir wenigstens, dass es ihm gut geht, und bitten ihn, hierherzukommen und uns zu helfen.«

Gesagt, getan. Das Schwein schnappte sich sein Multifunktionsgerät, welches diesmal Gott sei Dank nicht loskreischte, und wählte Paul Bachwebers Handynummer.

»Wo, wo … bin ich denn überhaupt?« Der kräftige Münchner mit dem Schnurrbart sah sich um. Er saß zweifellos in einem Auto, wahrscheinlich in einem Taxi, welches aber offenbar nicht fuhr. Sein Schädel brummte, er sah immer noch verschwommen und sein Mund war trocken. Er war durch das Klingeln und das Vibrieren seines Handys sowie einer Stimme – der des Taxifahrers – wieder zu sich gekommen, welcher sich gerade über seinen Fahrgast beugte.

»He, Sie, geht es Ihnen wieder besser?«, fragte er besorgt. Der Chauffeur hatte offensichtlich den Wagen am Straßenrand abgestellt und die hintere Tür geöffnet. Die einströmende Abendluft tat Paul sehr gut. Er sah den Fahrer an und nickte, dann fingerte er mühsam sein immer noch klingelndes Handy aus der Hosentasche und sagte mit belegter Stimme: »Ja, Bachweber?« Sekunden später war er nahezu hellwach.

»Was ist passiert? Und wen habt ihr …? Den Mann von der Villa? Ach so, den Laboranten. Welcher Laborant eigentlich? Was? Ohnmächtig?« Paul Bachweber lehnte sich zurück, weil ihm plötzlich schwindelig wurde. Er musste erst einmal verdauen, was ihm das FlühMühKüh da erzählte. Dann hatte er sich wieder einigermaßen gefasst.

»Ja, mir geht es so weit gut. Der Bursche hat vielleicht sein Mittelchen überschätzt, das er mir in die Tasse getan haben muss. Oder es hat durch den starken Kaffee erst gar nicht richtig gewirkt. Egal, ich bin jedenfalls gleich bei euch.« Paul beendete das Gespräch. Dann bat er den Taxifahrer: »Bringen Sie mich schnell zurück zur Villa. Da steht noch mein Wagen. Und erklären Sie mir bitte, wie ich von dort aus zum Bozener Gewerbegebiet komme.«

»Er kommt zu sich!« Scholly bemerkte zuerst, dass sich Alfons Gasser wieder regte und dabei ein hörbares Ächzen und Stöhnen von sich gab. »Wenn Paul nicht bald auftaucht, können wir nur noch den geordneten Rückzug antreten. Und zwar *pronto*, äh, schnell. Sonst geht dieser Verrückte da noch mal auf uns los. Und dann *buona notte*, ich meine, gute Nacht!«

Die Sorge des Schafes war nicht unbegründet. Der Laborant, dem auf der Stirn eine Riesenbeule als sichtbares Ergebnis des Zusammenstoßes mit dem Türrahmen gewachsen war, richtete sich langsam auf und begann – scheinbar immer noch benommen – sich umzusehen.

»Los, alle raus hier! Rette sich, wer kann! Plüschschweine und *KLARAS* zuerst!«, rief Bonifazius und rannte mit dem *Eierphone* in der Pfote in Richtung Tür, gefolgt von seinen beiden Gefährten. Das Küh hatte sich seine Pistole geschnappt, die wie durch ein Wunder trotz der geballten Ladung aus Pulver und Schnupftabak unbeschädigt geblieben war. Draußen angekommen, sahen sie den blauen Mercedes, der eben vor dem Labor zum Stehen kam. Die Plüschtiere stürmten erleichtert auf das Auto zu und überschütteten Paul Bachweber mit einem Durcheinander von aufgeregt geplapperten Berichten und Informationen über die Ereignisse im Gebäude. Der kräftige Münchner begriff zunächst nur die Hälfte dessen, was die drei Freunde ihm da alles erzählten.

Dann, mit einem Ruck, öffnete sich die Eingangstür des Institutes und Alfons Gasser erschien in ihr, immer noch taumelnd und schwankend. Er schien völlig verwirrt zu sein und sah sich fast schon hilflos um.

»Los, rein ins Auto!«, knurrte Paul. »Das hier übernehme ich jetzt! Bonifazius, funktioniert dein komisches Ding da noch?« Er zeigte auf das *Eierphone*.

»Erlaube mal, das ist …«

»Ja, ja, schnapp nicht gleich wieder ein. Los, ruf die Polizei. Das kannst du doch, oder? Du musst hier in Italien die 112 wählen. Ich kümmere mich inzwischen um den da.« Der ehemalige Straßenwachtfahrer zeigte auf Alfons, der jetzt die Treppe herunterstolperte und unschlüssig auf ihn zukam. Paul Bachweber ballte die Fäuste und glaubte zuerst, sich verhört zu haben, als der Laborant ihn fragte: »Entschuldigen Sie, mein Herr, wissen Sie, wann hier der nächste Dampfer abfährt?«

»Wie? Was für ein Dampfer? Pass auf, mein Freund, wenn du mich jetzt auch noch veralbern willst, dann wirst du dein blaues Wunder erleben, und zwar gleich hier!«

»Wie käme ich denn dazu, mein Herr?« Alfons schwankte immer noch, seine Augen schielten in völlig verschiedene Richtungen. »Ich bin besorgt, denn die Post war auch noch nicht da, und ich erwarte ganz dringend ein Paket aus Grönland. Man wollte mir doch Trockeneis schicken. Aber die liefern einfach nicht. Und da muss ich eben mit dem nächsten Dampfer selbst hinfahren. Sind Sie der Kapitän?«

»Was denn für ein Kapitän?« Paul riss allmählich der Geduldsfaden. »Sie haben mich heute in Ihre Villa gelockt und fast vergiftet. Schon vergessen? Und jetzt machen Sie hier einen auf ballaballa! Aber nicht mit mir!«

Er war wieder zum förmlichen »Sie« übergegangen, denn das Verhalten dieses Menschen da war ihm allmählich nicht mehr geheuer.

Der Laborant sah ihn ungläubig an und erwiderte entrüstet: »Ich soll Sie vergiftet haben, Herr Kapitän? Wie käme ich denn dazu, dem Führer dieses stolzen Schiffes hier (damit zeigte er auf das Laborgebäude hinter sich) etwas Böses antun zu wollen?« Beleidigt schüttelte Alfons Gasser den Kopf.

In der Ferne waren inzwischen Sirenen zu hören, die sich rasch näherten. Der Laborant lauschte und meinte dann zufrieden. »Aha, jetzt scheint die Post doch noch zu kommen!«

»Und Sie haben ihn hier in diesem Zustand herumlaufen sehen und uns dann gerufen?«, fragte der Carabiniere noch einmal Paul Bachweber. Der nickte bestätigend. »Genauso war es. Er redete komisches Zeug, erzählte von einem Dampfer und von Grönland und sprach mich mit ›Herr Kapitän‹ an.«

»Hm«, meinte der Polizist, »der Notarzt sagt, der Mann muss äußerst heftig mit dem Kopf gegen etwas sehr Massives gedonnert sein. Und er hat starke Rötungen im Gesicht. Wahrscheinlich ist ein Versuch da drin aus dem Ruder gelaufen.« Er zeigte dabei auf das hinter ihnen stehende Laborgebäude und den Rettungswagen, in den man Alfons verfrachtet hatte und aus dem sein lautes Gezeter zu hören war. »Außerdem sieht es so aus, als ob das Gedächtnis des Herrn Gasser momentan völlig durcheinandergeraten ist. Er hat mich vorhin zum Beispiel als Postboten bezeichnet und fragte nach seinem Paket. Tja, schlimm, nicht wahr? Der Doktor kann übrigens nicht ausschließen, dass dieser Geisteszustand von Dauer sein könnte.« Damit verabschiedete er sich von Paul und stieg zu seinem Kollegen in das Einsatzfahrzeug. In kurzem Abstand folgten sie dem davonfahrenden Rettungswagen, der den Laboranten in ein Krankenhaus bringen sollte.

»Wenn ihr mich fragt«, grunzte Bonifazius von der Rückbank des blauen Mercedes, »ist das einfach nur die gerechte Strafe für sein mieses Verhalten.« Das Schwein durchbrach mit dieser Bemerkung als Erster die Stille im Wagen, die bereits die ganze Zeit herrschte, seit sie die Rückfahrt zur Pension angetreten hatten. »Und solange die Kommandozentrale im Kopf dieses schon vorher verrückten Kerls unbesetzt ist und er in dieser geschlossenen Spezialklinik weilt, brauchen wir keine Angst mehr vor ihm und seinen Experimenten zu haben.«

»Auch wenn du es sehr drastisch formuliert hast, aber irgendwie hast du recht«, pflichtete ihm das Schaf bei. »Ich weiß nicht, was er mit mir veranstaltet hätte, wenn ihr nicht gekommen wärt. *Grazie mille!*«

»Ein Glück, dass du das Abfeuern der Pistole unbeschadet überstanden hast, Scholly«, meinte das FlühMühKüh. »Überhaupt, wie tapfer du warst! Immerhin hast du unseren Bonifazius sozusagen freigeschossen!«

Das Schwein schniefte bei dieser Bemerkung kurz auf. »Dieser Alfons war ein Wissenschaftler so wie ich. Trotzdem wollte er mich, gewissermaßen einen Kollegen, für Geld, Ruhm und Ehre opfern! Nein, wie niederträchtig!« Es schwieg erschüttert.

»Und was machen wir nun morgen?«, fragte Paul nach einer Weile die inzwischen wieder sehr nachdenklichen und schweigsamen Plüschtiere. »Bozen besichtigen oder Rückfahrt über Tirol und dann an den Chiemsee?«

»Rückfahrt!«, erschallte es einstimmig von der hinteren Sitzbank des Wagens. Paul Bachweber schmunzelte und gab ein bisschen mehr Gas.

Das kleine Kapitel zum Schluss

»Müsst ihr jetzt eigentlich immer etwas Nutella im Haus haben?«, fragte ich und legte dabei den Stift und meinen vollgeschriebenen Notizblock zur Seite. Wir saßen alle gemeinsam im großen Wohnzimmer der Patzelts. Eben hatte mir Martin von der Urlaubsrückfahrt vor einer Woche berichtet und damit diese ganze abenteuerliche Geschichte beendet. Zumindest fast.

Cäcilia erwiderte lächelnd, mit einem Seitenblick auf das Scholly: »Nun ja, es hält sich noch in Grenzen. Manchmal sind wir aber doch überrascht, wie schnell so ein Glas leer sein kann.«

Anne sprang dem kleinen braunen Schaf bei: »Aber dadurch scheint es seine Farbe nicht zu verlieren. Selbst starkes Sonnenlicht macht ihm gar nichts aus. Und es ist ein sehr freundliches kleines Plüschtier. Das FlühMüh-Küh und Scholly passen irgendwie gut zusammen.«

»Ach, und ich bin wohl wieder einmal nur das Pfui-Teufel-Schwein, oder?«, grunzte Bonifazius dazwischen. »Zu mir passt wohl keiner?« Dass sich Scholly dafür entschieden hatte, beim FlühMühKüh und den Patzelts zu leben, wurmte ihn immer noch ein bisschen.

Bonifazius tat dem Schaf ein wenig leid, darum brummte es: »Du hast doch die ganzen Erfindungen und deine Marie. Außerdem wollen wir uns doch noch dieses Jahr im Herbst bei euch treffen. Nimm mir das doch bitte nicht übel, dass ich bei den Patzelts bleiben möchte. Das Leben mit einem Genie und Wissenschaftler wie dir ist mir aber manchmal ein bisschen zu aufregend. *Scusi, maiale.* Und nun sei bitte nicht mehr sauer.« Scholly reichte seinem Gefährten die Pfote, in die dieser – noch ein wenig vor sich hin grummelnd – einschlug.

»Es ist fast wie in Bozen«, meinte Paul Bachweber, an das Schwein gewandt. »Da warst du auch schon bei der kleinsten Sache eingeschnappt. Wie halten Sie das eigentlich mit diesem sensiblen Burschen aus, Teresa?«

»Ach, meistens ist Bonifazius ganz in Ordnung«, erwiderte die kleine Frau aus Tirol. »Es ist immer sehr, äh, nun ja, abwechslungsreich und unterhaltsam mit ihm. Von Langeweile kann zumindest keine Rede sein. Und dann die ganzen Erfindungen …« Teresa verschwieg, dass das Schwein mittlerweile das Kreischen des *Eierphones* beseitigt hatte. Das Gerät nannte er nun nicht mehr *KLARA*, sondern *RESI*, und wenn man gemeinsam im Auto fuhr und Bonifazius sein Multifunktionsgerät einschaltete, navigierte es die kleine Buchhändlerin mit der Stimme von Teresa – also ihrer eigenen – durch die Straßen, was manchmal doch etwas nervte. Wie dem Schwein diese Verbesserung gelungen war, blieb sein Geheimnis.

Marie sprang ihrer Mutter übrigens sofort bei: »Na klar, selbst mein Onkel Peter war von dem *SCHWEINE-HELI* so beeindruckt, dass er den Motor aus seinem Rasenmäher nicht wiederhaben wollte und sich lieber gleich einen Rasentraktor zugelegt hat.«

Der Hubschrauber wartete in Maries Zimmer auf den nächsten Einsatz, war aber vorerst durch Teresa mit einem kategorischen Startverbot belegt worden, weil ihr die ganze Aufregung um und mit diesem Fluggerät erst einmal reichte.

»Und Alfons Gasser?«, fragte ich abschließend in die

Runde. »Wie geht es ihm denn? Ist er noch in dieser Klinik?«

»Die Beule ist verschwunden, und er sieht offenbar auch wieder richtig«, antwortete Paul Bachweber. »Allerdings hält er sich relativ oft für Albert Einstein oder manchmal für James Watt, der unbedingt die Dampfmaschine verbessern muss. Mitunter glaubt er auch, dass ihn Carl Benz und Gottlieb Daimler gleich besuchen kämen, um mit ihm über neue Fahrzeugentwicklungen zu sprechen. Der Zusammenprall mit dem Türrahmen war also doch ziemlich heftig. Tja, aber wer anderen eine Grube gräbt ... Vielleicht ist das einfach die gerechte Strafe für seine Boshaftigkeit.« Daraufhin herrschte kurze Zeit nachdenkliche Stille im Zimmer.

»Ich möchte Ihnen übrigens noch etwas geben, Herr Malik. Ein kleines Geschenk für Sie«, sagte Paul dann und hielt mir die Freikarten fürs Bozener Spielzeugmuseum unter die Nase.

»Und was soll ich damit?«, fragte ich ihn ziemlich verblüfft.

»Hm«, meinte er lächelnd, »wenn Sie die Geschichte hier fertig in ein Buch gepackt haben und wieder auf der Suche nach einer neuen Story sind, dann fahren Sie einfach nach Südtirol. Lassen Sie sich viel Zeit und schauen Sie sich die Kuscheltiere im Spielzeugmuseum sehr genau an.«

Er grinste fast schon verschwörerisch bei den folgenden Worten: »Wer weiß, vielleicht gibt es ja dort noch mehr lebendige und aus der Art geschlagene Plüschfiguren wie unser Pecore Marrone?«

ENDE

Außerdem bei BoD erschienen:

Mike Petzold

FlühMühKüh – Die Geschichte eines kleinen Entdeckers

»Eine Reise ist ein Trunk aus der Quelle des Lebens«, sagte schon Friedrich Hebbel. Und das meint auch das FlühMüh-Küh, die Hauptfigur dieses Buches. Dumm nur, wenn man als entdeckerfreudiges kleines Plüschwesen zusammen mit seinem Artgenossen Bonifazius Schwein in einer Tiroler Buchhandlung festsitzt und die Welt nur von Bildern und aus Büchern kennt. Sicher, man kann sich die Zeit einigermaßen mit Lesen, Yoga und zum Teil sehr merkwürdigen und gefährlichen Experimenten vertreiben. Was aber, wenn der einzige Mitbewohner plötzlich und eher unfreiwillig den Laden verlässt und man alleine zurückbleibt? Für ein unternehmungslustiges FlühMühKüh gibt es da nur einen Ausweg: Man sucht sich den passenden Familienanschluss und geht mit diesem auf Reisen …

Mike Petzold
FlühMühKüh – Die Geschichte eines kleinen Entdeckers

120 Seiten, Paperback

8,90 € [D]

ISBN 978-3-8482-4278-8